LES LOUPS SONT ENTRÉS DANS PARIS

FERDINAND BARRETT

LES LOUPS SONT ENTRÉS DANS PARIS

Roman

BoD

© 2022, Ferdinand Barrett
Site officiel : www.ferdinandbarrett.com

Édition : BoD – Books on Demand,
12/14 rond-point des Champs-Élysées, 75008 Paris.
Impression : BoD - Books on Demand, Norderstedt, Allemagne.

Conception et réalisation graphique : Patrick Demarcq

ISBN : 978-2-3224-0933-4
Dépôt légal : Février 2022

Il est des gens de qui l'esprit guindé,
Sous un front jamais déridé,
Ne souffre, n'approuve et n'estime
Que le pompeux et le sublime ;
Pour moi, j'ose poser en fait
Qu'en de certains moments l'esprit le plus parfait
Peut aimer sans rougir jusqu'aux Marionnettes ;
Et qu'il est des temps et des lieux
Où le grave et le sérieux
Ne valent pas d'agréables sornettes.
Pourquoi faut-il s'émerveiller
Que la Raison la mieux sensée,
Lasse souvent de trop veiller,
Par des contes d'Ogre et de Fée
Ingénieusement bercée,
Prenne plaisir à sommeiller ?
[…]

Charles Perrault

Préambule

En ce 22 juin 202…, je me réveillai les yeux gonflés de fatigue, observant les lueurs de l'aube à travers les persiennes de mon appartement parisien. Je m'étais couché la veille en proie à une indescriptible colère. Et chose étrange, au petit matin, elle s'était évaporée. Tout en frottant mon visage, je m'assis péniblement sur mon lit, les yeux pendus dans le vide. C'est là que je la vis. Mon ombre. Oh bien sûr, je l'avais déjà rencontrée ! Titanesque, dédoublée ou cachée. Pourtant, ce matin, elle glissait au sol avec une tournure que je ne lui avais jamais remarquée. Je tentai de jouer avec elle, mais elle refusa de m'imiter. J'essayai alors de la comprendre, mais quand je lui demandai ce qui n'allait pas, elle m'informa d'une voix douce et autoritaire que nous partions en balade. J'acceptai.

Dans la rue, je ne discernais plus que les contrastes et en conclus que ma vue avait baissé. Je ne m'en inquiétai pas outre mesure ; le solstice d'été passé, le soleil sombre reprendrait sa course dans le ciel, et réapparaitrait aux côtés du soleil clair avant le prochain équinoxe. J'étais plus attentif aux bruits du petit matin et aux odeurs rances collées sur les trottoirs.

Je suivis ainsi docilement l'ombre qui me précédait. Elle me promena de rues en boulevards, et lorsque nous nous retrouvâmes face au périphérique, elle m'ordonna de le traverser et de m'enfoncer dans le Bois de Vincennes. Je m'exécutai.

C'est alors qu'une phrase étrange résonna dans ma tête.

Par une belle matinée de mai, une svelte amazone, montée sur une superbe jument alezane, parcourait les allées fleuries du Bois de Boulogne.

Venais-je de l'inventer ou surgissait-elle d'un résidu de mémoire fatigué ? Je n'en savais rien. Les allées étaient fleuries, j'en conviens. Sauf que le mois de mai était passé, et que je parcourais le Bois de Vincennes, et non celui de Boulogne. Quant à cette histoire de cheval, j'aurais été bien incapable d'en préciser la signification.

Par une belle matinée de mai, une svelte amazone, montée sur une superbe jument alezane, parcourait les allées fleuries du Bois de Boulogne.

Pourquoi ce psaume s'engluait-il dans les tréfonds de mon cerveau fourbu ? N'était-ce qu'un refus inconscient à me laisser porter par les événements et à dérouler une histoire que je n'aurais pas écrite ? C'est probable, puisque cette phrase légère — *par une belle matinée de mai...* — demeurait à ce stade sans conséquence.

J'avais ce sentiment d'être libre et confus, tout juste réceptif aux rayons du soleil venus caresser mon corps. Sans aucune pensée, les sens en éveil, je me rassasiais des bonheurs du Bois. J'écoutais, là-bas sur une branche, la pie qui jacasse. De l'autre côté de cette butte, je pouvais sentir l'odeur fauve et musquée d'un joggeur qui, s'essoufflant à poursuivre sa course, assaillait mes narines.

M'étais-je à ce point égaré ? L'ombre avait disparu. Sans doute la faute aux arbres ou au solstice, tentai-je de me rassurer. Mais une angoisse me prit à la gorge. Sans elle, je me sentais déchu, amputé. Il me fallait la retrouver.

Je collai donc mon nez au sol dans l'espoir de la flairer, mais je réalisai que la terre était vide de son odeur. Alors paniqué, je relevai la tête, et fus surpris de découvrir un *Golden Retriever* qui, campé sur ses pattes, grognait à mon intention.

— Est-ce toi qui as avalé mon ombre ? lui demandai-je.

Il ne répondit rien. Après tout, ce n'était qu'un chien, l'air stupide, bien nourri, la queue frétillante, la bouche baveuse et le regard distordu.

Il est communément admis que l'on doit aimer les chiens ; pourtant, ce matin, je prenais conscience que je les avais toujours détestés. Serviles par appétit, loyaux par habitude, à laisser pendre leur langue à la moindre caresse. Je n'avais que la peau sur les os, tandis que lui, aussi puissant que beau, se pavanait, fier de son cou pelé.

J'obliquai alors ma carcasse d'un quart de tour. Non pas pour éviter l'affrontement, je ne suis pas un couard ! Mais juste pour qu'il voie mes côtes en saillie, dévorées par la faim. Qu'il saisisse que moi, je n'avais rien à perdre.

Le *Golden* ne l'entendit pas ainsi. Il tendit ses pattes sur l'arrière, plaqua ses oreilles, et desserra ses mâchoires pour aboyer. Je dressai alors mon poitrail, gonflai mes épaules, ma crinière, et à mesure que je plissais mon nez pour retrousser mes babines, son regard perdait de sa superbe. Il comprenait lentement que sa bouche renfermait tout juste des dents de lait. Il n'en fallut pas plus pour qu'il s'enfuie.

Amusé de tant de lâcheté, j'échappai un grognement guttural, une sorte de rire profond issu des tripes qui résonna sous forme de spasmes dans ma gueule.

Mais déjà, le soleil clair s'élevait dans le ciel et prenait le pas sur les lueurs de l'aube. Je m'en retournai donc d'où j'étais venu. Je sortis du Bois et franchis à nouveau le périphérique. Certain de ne plus être seul, peut-être tout juste le premier.

1.
Un loup dans la capitale

La longue silhouette du commissaire Axel Némès-Ressac arpentait le 20ᵉ arrondissement parisien. Comme chaque matin, il profitait de la fraîcheur de l'air pour se rendre à pied au travail. Il humait les odeurs et parcourait les trottoirs, à l'affût d'une affaire qui viendrait bousculer un ordinaire mouvementé et paradoxalement stable. Par quel procédé avait-il fini commissaire de police à moins de quarante ans ? Axel n'aurait trop su le dire. On quitte son village, des idéaux de justice plein la tête ; on passe des concours, on accepte les règles communément admises, et on se retrouve tous les matins, rue des Gâtines, à l'entrée du commissariat du 20ᵉ.

Il sortit un badge de sa veste en cuir et l'appuya contre le récepteur. La porte s'ouvrit et Axel fit résonner ses pas dans le hall. Il salua la standardiste qui ne sembla pas l'apercevoir, trop occupée à tester les options du climatiseur que l'on venait d'installer au-dessus de sa tête. Il se dirigea ensuite vers l'entrée de service et sortit de sa poche un second badge destiné à la pointeuse. Il s'identifia auprès de la machine et tira un levier, comme au casino, afin de découvrir le nombre d'heures qu'il devrait effectuer ce jour. Puis, il grimpa les escaliers jusqu'au deuxième étage, parcourut le corridor qui le menait à son bureau, et salua en chemin quelques collègues qui s'obstinaient à faire bourdonner les affaires en cours. Au cœur de cette ruche en mouvement, il lui parut entendre une sonnerie, celle de son téléphone fixe. Il accéléra donc le pas et poussa la dernière porte du couloir. L'instrument gyrophare s'agitait effectivement sur son bureau et maculait la pièce de faisceaux rouges entre deux tintements. Axel jeta nonchalamment sa veste sur le dossier d'une chaise et décrocha. C'était le commissaire du 12ᵉ arrondissement.

— Bonjour Némès ! dit son interlocuteur enjoué. J'en ai une bien bonne pour vous. Vous êtes d'attaque ?

— Oui, répondit Axel méfiant.

— Figurez-vous qu'un loup se balade sur votre secteur, du côté de la rue de Vitruve.

— Un loup ?!

— Oui, un loup, confirma son collègue.

D'ordinaire vague et rêveur, le regard d'Axel se figea. Il gratta sa courte barbe et demanda inquiet :

— Vous êtes sûr que ce n'est pas un chien errant ?

— C'est ce qu'on a pensé au début, mais les types de la fourrière se sont pointés et ils sont formels, c'est pas un chien. Y'a même un gars qui nous a appelés pour nous dire qu'il y avait un loup dans sa rue ; il travaille pour la revue *Nature & Naturisme*, j'imagine qu'il connait son sujet…

Axel frémit. *Un loup dans Paris. Était-ce seulement possible ?*

Son homologue enchaîna :

— Ici, on *n'savait* pas trop comment gérer ça, alors on l'a rabattu sur votre arrondissement. Ça vous dérange pas trop, hein ?

— Mouais, répondit Axel. Je pourrais aussi me contenter de vous le réexpédier dans le 12e…

— Honnêtement, je serais tenté de le renvoyer chez vous.

Dans un soupir, Axel confirma prendre l'affaire en main, et alors qu'il allait raccrocher, son homologue l'interrogea d'un ton guilleret :

— Avouez, je vous ai surpris, hein ?

— Un peu, concéda Axel, le sourire crispé.

Le commissaire n'aimait pas les loups, parce qu'ils représentaient pour lui autre chose qu'une simple allégorie venue transcender le vécu collectif, et la seule évocation de l'animal lui causait des douleurs jusque dans sa chair. Sans doute était-ce à cause de son enfance au Village.

Ce matin, un loup se promenait dans le 20ᵉ arrondissement, rue de Vitruve, à deux pas de son propre domicile. Axel réalisa qu'il n'avait aucune envie de gérer cette affaire ; il se déroberait donc grâce à la procédure, attendu que ce genre de situation, bien qu'étrange, relevait des prérogatives du lieutenant de louveterie. Axel le contacta et celui-ci accepta sa mission avec enthousiasme. Le commissaire fut néanmoins pris d'un doute : l'homme était davantage réputé pour ses frasques que pour ses exploits, alors saurait-il se montrer à la hauteur ?

Il pria quelques subalternes de venir le seconder pour cette intervention et confia le commissariat aux mains de son commandant qui gèrerait les affaires courantes et arrondirait son salaire en jouant aux dés avec ses collègues. Accompagné de son équipe, Axel descendit les escaliers et traversa le hall du bâtiment dans une atmosphère venteuse. La standardiste avait choisi l'option « clim bruyante qui couvre les appels téléphoniques ». Ici, la journée serait tranquille.

2.
Une battue sans éclat

Le lieutenant de louveterie de Paris bénéficiait d'un appartement de fonction, un peu exigu certes, mais parfaitement bien situé sur la place de la Bastille, au sommet de la colonne de Juillet. Les premières années, il avait tenté de faire vivre sa charge avec zèle. Chaque jour, fusil à l'épaule, il montait les marches quatre à quatre et se positionnait sous la statue du Génie de la Liberté, afin de faire régner l'ordre et la justice. Sauf que le temps s'était écoulé sans qu'il n'aperçoive jamais le moindre loup. Il s'était donc laissé aller à l'embonpoint et résigné à installer un ascenseur extérieur le long de la colonne de Juillet. Et tous les soirs, le cerveau ivre et le cœur vide, il nettoyait et astiquait frénétiquement son arme, dans l'espoir de tuer à nouveau, et faire ainsi rejaillir l'éclat de son passé.

Mondain reconnu et apprécié de la presse pour ses extravagances, le lieutenant de louveterie circulait avec aisance auprès de tous les grands de la capitale. Pourtant, son rôle essentiellement honorifique le plongeait parfois dans un profond *spleen*. Mais aujourd'hui, quelle aubaine ! Il n'attendait plus cet appel : un loup rôdait dans Paris. Une belle occasion de ressusciter sa jeunesse, se dit-il. Il contacta donc la presse, puis le fusil en bandoulière et des cartouches dans la besace, il descendit les escaliers de la tour en roulant, suivi de ses quatre chiens. Son véhicule de fonction l'attendait sur la place de la Bastille : une *wolfmobile* rouge et flambant neuve. Il aida sa meute à grimper dans le coffre, glissa péniblement son ventre entre le siège et le volant de la voiture, puis sirène hurlante, il s'engagea en direction de la rue du Faubourg-Saint-Antoine. Il bifurqua d'abord à gauche et manqua d'écraser quelques piétons à l'entrée de la rue de

Charonne, avant d'accélérer rue de Bagnolet. Après deux coups de volant réussis, il garait sa voiture sous un imposant magnolia au centre de la place des Grès, où la presse l'attendait déjà.

À sa sortie du véhicule, le lieutenant de louveterie fit sensation, vêtu de son reconnaissable et long manteau de feutre rouge qu'il portait avec une prestance sans égal. Habitué aux flashs des appareils photo, il rabattit les verres de ses lunettes de soleils et répondit aux journalistes par quelques mimiques. Il se dirigea ensuite vers le commissaire Axel Némès-Ressac qui l'informa brièvement de la situation : ses hommes avaient bouclé le triangle périphérique, Bagnolet, Saint-Blaise par précaution, attendu que le loup se trouvait en fait juste là, rue de Vitruve, tout près de la rue de Srebrenica.

Le lieutenant fut déçu lorsqu'il découvrit l'animal ; *ce n'était pas la bête du Gévaudan !* Le loup était chétif, le pelage gris-beige, et reniflait une poubelle, probablement à la recherche d'une charogne encore fraiche. L'homme en rouge souhaitait ardemment une battue, alors il mit en joue l'animal et tira volontairement à quelques centimètres d'elle, dans l'idée de la faire réagir.

××

Revenu de mon étrange promenade du Bois de Vincennes, je profitais désormais du quartier, sans aucune pensée, l'odorat décuplé. J'étais là, tranquille, à renifler les poubelles de la rue de Vitruve. C'est alors qu'un bruit métallique me fit sursauter. Un simple résonnement sur la gouttière tout à côté de moi. Je n'y prêtai d'abord guère d'attention, mais il s'ensuivit d'un tintement régulier venu cogner le sol. Je tournai donc la tête et découvris avec étonnement un gigantesque cow-boy dont les éperons frappaient l'arrière de ses bottes tandis qu'il s'avançait vers moi. Sa longue redingote rouge glissait sur le bitume et sa main tenait un fusil ; je compris alors et aboyai dans sa direction :

— Hé là ! Non, mais ça va pas ?!

Il ne parut ou ne voulut pas m'entendre et réarma son double calibre avant de tirer à nouveau. La balle s'écrasa encore plus près, contre le mur. Le temps que je saisisse que je devais fuir, l'homme en rouge cassait son fusil pour y insérer deux nouvelles cartouches. Je détalai au plus vite, et inaugurai par ce mouvement le commencement d'une battue que je n'avais pas souhaitée. Je coupai à gauche, puis rapidement à droite, dans l'espoir de semer mes assaillants. Terrorisé par le son des cors de chasse, les muscles tendus, je ne sentis même pas mes griffes s'arracher sur le bitume. Je tournai encore à droite, et arrivé sur les maréchaux, je fonçai en direction de la porte de Bagnolet, avec pour idée de fuir la capitale au plus vite. Je constatai alors avec frayeur que des hommes en uniforme barraient la route qui aurait dû s'ouvrir à moi. Je décidai donc de faire demi-tour avant de réaliser avec effroi que la voiture rouge m'avait suivi. Le piège s'était refermé. L'immense cow-boy sortit du véhicule, accompagné de ses chiens aux babines retroussées, et s'avança dans ma direction, le fusil à la main.

Les actes les plus abscons sont toujours accomplis lorsque l'on n'a plus le choix, me dis-je avant de brusquement jeter mon corps sur l'homme en rouge, les pattes brulantes d'effort, les naseaux ouverts à plein ; c'était là mon unique issue… Surpris, il épaula avec précipitation. Ivre de rage, je lui sautai à la gorge avec pour seule pensée : à quoi bon être un animal si les émotions reviennent vous bouffer…

××

Le loup avait bondi, le lieutenant avait tiré, et la bête s'était effondrée à ses pieds. La battue était terminée.

— C'était moins une, déclara le lieutenant en souriant.

Les journalistes s'approchèrent timidement, et quelques badauds les rejoignirent, car de mémoire d'homme, aucune battue n'avait jamais eu lieu dans la capitale. Le cow-boy prit le temps d'apprécier le crépitement des flashs, détaillant à la presse son exploit d'aujourd'hui et ses gloires passées. À l'époque, affirma-t-il aux journalistes, il talonnait les loups plusieurs jours durant — *non, vraiment, celui-ci était bien chétif et peu aguerri...* Puis, d'une transition à l'autre, il en vint à pérorer sur ses nombreuses conquêtes féminines et proposa même à une journaliste de l'accompagner pour sauter sur son gros ventre en toute intimité. Elle déclina et il ne comprit pas ; à l'époque, les femmes adoraient faire des galipettes sur son corps nu.

Lorsque la bête ensanglantée fut évacuée, les flashs s'estompèrent et Axel se rapprocha du lieutenant.

— Vous savez d'où peut venir ce loup ? l'interrogea-t-il.

— Aucune idée. Du zoo de Vincennes, j'imagine.

— Vous vous en foutez, n'est-ce pas ?

— Disons que nous ne sommes pas le même genre de justicier, répliqua le lieutenant. Je vous remercie néanmoins de m'avoir laissé la vedette, dit-il tout sourire. Je vous revaudrai ça.

De retour au commissariat, Axel contacta le responsable du parc zoologique de Vincennes, de celui du Jardin des Plantes, puis de tous ceux de l'Est parisien. La réponse se révéla catégorique : aucun loup ne manquait à l'appel. Celui-ci était sauvage. Il avait traversé le périphérique pour entrer dans Paris.

3.
Chaises musicales à l'Élysée

Ce matin, le président de la République avait décrété le protocole mauve, et c'est sans doute la raison pour laquelle on entendait claquer les dents de ses ministres depuis le salon Murat. Mais lui ne s'en préoccupait guère, préférant admirer son reflet dans l'un des miroirs de ses appartements privés. Ses traits de visage juvéniles renforçaient l'élégance de ses costumes toujours impeccables. Cet Apollon — surnom soufflé aux médias — rassurait les masses. Même son nez légèrement busqué lui conférait un air impérial. Quant à son crâne en forme de montgolfière, certains affirmaient que c'était là signe d'intelligence. Lorsqu'il fut satisfait de son apparence, il quitta l'aile est de l'Élysée avec une démarche de rappeur. Mais alors qu'il longeait la salle des portraits, il décida d'opter pour une attitude plus hautaine et princière.

Les portes du salon Murat étaient ouvertes, et c'est tout naturellement que le président s'avança de deux mètres avant de s'immobiliser, conformément à l'étiquette. Sans même bouger la tête, il posa des yeux froids sur la nuque de ses ministres, particulièrement souples lorsqu'il s'agissait d'effectuer la révérence. Un serviteur à double-épaulette se glissa derrière lui, tout vêtu de noir et la colonne vertébrale dégingandée. Il déposa une veste d'hermine sur son dos, ainsi qu'une couronne de laurier sur sa tête. Puis, un autre valet tendit le sceptre avec lequel le chef de l'État aimait corriger ses conseillers quand ceux-ci se permettaient de distordre sa propre réalité.

Le président prit place et déclara d'un air pontifiant :

— Mes chers collaborateurs, compte tenu de la difficulté des temps actuels, j'ai beaucoup réfléchi. Quand j'ai pris les rênes du pays, il allait mal, et aujourd'hui il se porte mieux. Je ne peux l'abandonner. Je me vois donc dans l'obligation de me représenter pour un nouveau mandat.

Les ministres acquiescèrent tous de la tête, et certains applaudirent. Le président laissa passer l'instant d'ovation et enchaîna :

— Par contre, je veux du sang neuf dans ce gouvernement. C'est pourquoi j'ai préparé un petit jeu.

Ses lèvres fines et pincées ne purent rester insensibles, et un subreptice sourire sadique déforma sa bouche.

— Vous remarquerez, poursuivit-il, qu'il n'y a que douze sièges autour de la table et que vous êtes treize. Or, chaque place correspond à un poste. Alors, on va jouer aux chaises musicales ! s'écria le président en battant des mains.

Et tandis qu'il expliquait à la seule femme de l'assemblée — ministre des *Gonz' et des Chiards* — qu'elle gardait son poste si elle restait silencieuse, l'un des valets à simple épaulette entra dans la pièce. Tout vêtu de blanc, le buste penché sur l'avant, il déplaçait avec peine un splendide gramophone à roulettes, serti de pierres précieuses et paré de fines dorures.

Le président rappela les règles du jeu « pour ceux qui étaient vraiment trop vieux et trop nazes » et déclara que celui qui resterait debout « s'en retournerait pelleter de la bouse avec les pécores de son fief de province ».

Fier de sa réplique, le chef de l'État était hilare, mais peu de ministres réussirent à l'accompagner dans cet instant d'euphorie, bien trop stressés par l'imminent virage qu'allait prendre leur carrière. Quand il fut remis de ses émotions, le président grimpa debout sur sa chaise et fit signe à son DJ de lancer la musique qu'il avait choisie : du rap *groovy autotuné*. Le gramophone, plus habitué aux concertos et quatuors classiques de son prédécesseur, grinça sous les premiers accords. Mais un serviteur vint lui taper le bout de la trompette avec un bâton, et l'appareil obtempéra.

Les ministres s'élancèrent mollement. Ils louchaient sur le libellé des postes écrits en tout petit, accélérant à l'approche de certains intitulés et décélérant à proximité d'autres. Ça gueulait, poussait un peu et chahutait sur cette musique choisie par le président. Il en battait la mesure avec son sceptre, faisait des huit avec son ventre, la bouche en cul de poule et les yeux plissés, pour montrer à tous qu'il kiffait grave.

Pourtant, d'un geste froid et impromptu, il ordonna au DJ de relever le diamant du disque. La musique se stoppa net. Dans le court silence qui suivit, seule la respiration d'un gramophone épuisé se fit entendre, avant de laisser place aux caquètements d'une basse-cour. Les ministres s'élançaient sur la chaise la plus proche, jouant des coudes, mordant, poussant. Et bientôt, tous furent assis. Excepté un.

D'un geste noble, le président lui indiqua la sortie. Baissant la tête, ce ministre qui n'en était plus quitta la salle sous les huées libératrices des nouveaux promus qui découvraient leurs postes.

Le président se rassit et demanda :

— Bon, qui est mon Premier ministre ?

Un petit homme trapu, des lunettes rondes vissées sur le nez, répondit d'un air mal assuré :

— Euh, je crois que c'est moi…

— Alors, quel est l'ordre du jour, mon brave et fidèle bras droit ? demanda le président avec enthousiasme.

— Votre réélection, il me semble ? Il faudrait travailler à un programme…

Le chef de l'État lui coupa la parole :

— Hou là, non. Ça va vite me gaver ! Dites-moi plutôt quelles sont les requêtes du peuple, que je délibère en toute impartialité.

Davantage administrateur que fin politicien, le Premier ministre suait à grosses gouttes, et tandis qu'il s'essuyait le visage avec son revers de manche, il proposa :

— Nous pourrions entamer ce conseil par le sujet des limitations de vitesse…

— Moi, je n'ai pas de problème avec ça, j'ai un chauffeur qui fait ce que je veux, répondit le président.

— En fait, bredouilla le Premier ministre en lisant le papier devant lui, des citoyens réclament de pouvoir accélérer jusqu'à 110 km/h dans les lignes droites de plus de 400 mètres, et jusqu'à 120 km/h dans les lignes droites de plus de 600 mètres, à condition bien sûr que la voiture soit de couleur rouge.

— Qui réclame ça ? s'enquit le président.

— Sans doute les ploucs que je vais devoir me coltiner, répondit le nouveau ministre de l'Agriculture en remontant ses manches.

Le ministre de la Santé et des Bobos sans gravité, vieux briscard de la politique et connaisseur du sujet, se permit de prendre la parole :

— Baisser la vitesse sur les routes a des objectifs tant écologiques que pour limiter le nombre d'accidents…

Le président le coupa :

— Vous n'étiez pas déjà à ce poste vous ?

— En effet…

— C'est fâcheux ça. Échangez avec les Transports, c'est un ordre !

Les deux hommes concernés se firent passer le papier cartonné placé devant eux. Ils avaient changé de ministère.

Le président reprit :

— Bon, qu'en dit mon nouveau représentant de la Santé et des Bobos sans gravité ?

— Euh… Baisser la vitesse sur les routes a des objectifs tant écologiques que pour limiter le nombre d'accidents…

Le ministre des Transports et Transgenres intervint :

— Nous pourrions empêcher les gens de conduire aussi vite en ajoutant des virages ou en détruisant des bouts de chaussées, non ? Mon beau-frère possède un rouleau compresseur et, sous réserve de lui octroyer un marché public juteux, il serait ravi d'intervenir.

— Ça ne causerait pas plus d'accidents ?

— Si, mais ça justifierait de limiter la vitesse sur les routes…

— Ce sujet est réglé, coupa le président. Quoi d'autre, mon brave Sancho ? demanda-t-il à son chef du gouvernement.

Bien que se prénommant Armand et non Sancho, le petit homme à lunettes répondit :

— Il y a cet hôpital en flamme, en Alsace.

— L'Alsace, c'est pas en Allemagne ? demanda le ministre de la Guerre et des Paillettes.

— Attendez, je vérifie, s'écria le président radieux.

Il prit sa besace en cuir de vachette de Kobe et en sortit son cahier de vignettes *Panini* qu'il organisait avec tant de soin. Il avait quasiment terminé la collection des images d'Épinal des régions françaises, et il en était fier !

Après avoir feuilleté quelques pages, il posa son index sur le livre et marmonna difficilement l'objet de sa lecture. Puis, heureux de sa trouvaille, il releva la tête et déclara :

— Si, si, c'est bien en France.

— Bon, bah on éteint l'incendie alors ?

— Bien entendu… Monsieur le ministre du Budget et des Paris Sportifs, vous nous débloquerez quelques fonds pour ça.

— Et je les prends sur quoi, Votre Majesté ? dit le ministre stressé par sa première intervention.

— L'argent, c'est circulaire, vous trouverez, répondit le président sans même s'interroger sur le ton ampoulé employé par son vassal.

Le ministre feint de comprendre cette phrase énigmatique et se permit d'ajouter :

— Quand on a éteint le feu, on répare l'hôpital ?

— Non, mais ça ne va pas la tête ! s'écria le président. Non, non, on éteint déjà les flammes, c'est cool. Je ne suis pas Rothschild !

Il débita ensuite un sensationnel monologue sur ce personnage de l'histoire, d'autant plus qu'il avait récemment complété son cahier *Panini* des grands financiers du 19e, et qu'il en connaissait désormais un rayon.

Après cela, l'ensemble des sujets furent évacués à coups de pompes. Or, le protocole mauve exigeait encore vingt minutes de présence pour un conseil de cette importance. Le président en profita donc pour railler le manque de style de son ministre de la Guerre et des Paillettes ; il laissait des silences entre chacune de ses répliques, afin que tous ses collaborateurs aient le temps de rire à gorge déployée. Le ministre concerné par les plaisanteries acerbes dissimulait sa bouche tordue de vexation, et comme tous, il attendait que les minutes passent.

À l'heure dite, le président fit signe à ses ministres de sortir. Ils se levèrent d'un seul homme, se courbèrent en une belle révérence de groupe, et quittèrent la salle sans tourner le dos au personnage à qui ils avaient juré allégeance.

Demeuré seul, le chef de l'État jeta un œil sur les jardins de l'Élysée avant de s'amuser avec un petit canard en plastique jaune qui traînait sur le dossier du réchauffement climatique.

4.
Le travail, c'est la santé

Il était tard et le commissaire Némès-Ressac n'avait pas terminé sa journée de travail. Assis à son bureau, il s'échinait à traiter les affaires en cours, dont on empilait les dossiers sur sa table. Une sorte de tour de Babel de parapheurs et pochettes, dont lui seul devait résoudre l'énigme, quitte à ce qu'il disparaisse sous la paperasse.

Il devait avant tout mettre la main sur ce professeur de philosophie accusé d'homicide. Ce dernier avait proposé un exercice de scepticisme et suggéré la pratique du saut à l'élastique sans élastique. Sur les trente-deux élèves de sa classe, tous avaient sauté. Le ministre de l'Éducation et du Chômage avait immédiatement interdit les élastiques et les enseignants s'étaient indignés. Ils admiraient ce professeur de philosophie qui avait contribué à réduire les effectifs, de manière peu orthodoxe, certes, mais pour une fois, quelque chose était fait. En outre, il avait réussi à capter l'attention de tous ses élèves. Le *Che Guevara* de l'Éducation nationale, le surnommait-on dans les salles de profs.

Et tandis que l'affaire avait marqué la population et fait grand bruit, le professeur de philosophie s'était évanoui dans la nature. Le commissaire divisionnaire Deschannel avait contacté Axel pour lui suggérer d'effectuer ses recherches en Amérique du Sud ; d'après la DGSE, le *Che* était friand de danses de salon.

Axel s'exécutait. Dans un mauvais espagnol, il appelait une à une les écoles de danse de *Buenos Aires*. Et si son subconscient l'alertait de l'absurdité de la démarche, la partie consciente de son cerveau n'en soufflait aucun mot.

Non, Axel était autrement perturbé par l'affaire des loups. Après celui de la rue de Vitruve, c'est six nouvelles bêtes qui avaient été tuées dans son arrondissement. Et c'était sans compter les nombreux sangliers qui s'ébattaient joyeusement sur les boulevards des Maréchaux ; les uns jouant à *un, deux, trois soleils* avec les phares des voitures, les autres à *chat perché* sur les motards.

Axel avait contacté ses homologues qui faisaient face à la même situation. Pourtant, aucun n'avait lancé d'enquête ; la demande ne venait pas d'en haut. « Informer la hiérarchie de ces histoires ? Et pourquoi pas donner un god pour se faire enculer ?! » avait soufflé le grossier commissaire du 9e arrondissement.

La presse sensationnaliste avait bien couvert ces événements qui n'étaient toutefois qu'un empilement de faits divers que personne n'avait cherché à recouper. Les habitants ne semblaient pas si perturbés ; s'ils croisaient un animal, ils se contentaient de changer de trottoir. Mais aux yeux d'Axel, l'affaire paraissait inquiétante et nécessitait d'être prise au sérieux. Des loups pénétraient tout de même dans la capitale, et on ne savait ni d'où ils venaient, ni ce qu'ils voulaient. Malgré leur ancestrale réticence à éviter les hommes, ceux-ci n'avaient pas tremblé : ils étaient entrés dans Paris. Axel avait peur, et il sentait cette peur s'immiscer dans son corps, un corps couvert de cicatrices, dont les plaies semblaient se rouvrir. *Si les animaux se décidaient à attaquer, qu'en serait-il ? S'ils se regroupaient en meutes, prêtes à dévorer les passants sur des critères arbitraires, que feraient-ils ?*

Le survolté lieutenant de louveterie avait su prendre son parti de la situation. Son costume de justicier s'était adjoint une cape en peaux de loups tannée, et c'est tout de rouge vêtu qu'il traversait Paris dans sa *wolfmobile*, sous les acclamations de la population. Il organisait des battues, traquait les animaux, les abattait à coups de calibre 22. Et lorsque le sang coulait, il exultait de bonheur. Les jappements de ses chiens et les vivats de ses admirateurs lui tournaient la tête au point qu'il n'hésitait pas à rendre lui-même hommage à ses exploits. Il tirait sur les ampoules des lampadaires de rue, ce qui produisait des petits feux d'artifice bien agréables à regarder. Mais les battues se faisant toujours plus nombreuses, cette fâcheuse maniaquerie avait eu pour conséquence, une fois la nuit tombée, de plonger des rues entières dans le noir.

Qu'importe, ces événements récents avaient redoré le blason du lieutenant dans les milieux mondains de la capitale. Il organisait d'ailleurs une soirée en son honneur au réputé Palace Club de Boulogne, où le buffet serait intégralement composé des animaux qu'il avait exécutés. Il avait insisté pour qu'Axel soit présent, car après tout, c'est grâce à lui que tout avait commencé, lui avait-il dit.

Il se faisait tard, alors le commissaire sortit de ses réflexions afin d'accélérer la cadence. Il ne lui restait plus qu'à viser les congés de ses subalternes avant de quitter les lieux. Il lut donc avec attention leurs requêtes : certains évoquaient dix-sept enfants à charge et des problèmes de contraception, d'autres prévoyaient des vacances dans le sud-ouest de la Chine et promettaient de lui amener du confit de canard laqué aux épices aphrodisiaques… Difficile de choisir entre le chantage affectif et la corruption. Comme à son habitude, il enfourna cette paperasse dans la machine aux algorithmes qui déciderait du sort de chacun.

Ce n'est qu'à la nuit tombée qu'Axel s'éclipsa de son bureau, rejoignit le hall désert, et passa son badge dans la pointeuse. Elle émit une sonnerie plaintive qui lui reprochait de travailler si tard.

À l'extérieur, la température était encore douce. Les rues étaient sombres. Les enseignes des échoppes avaient cessé de clignoter, et seuls quelques lampadaires étaient allumés. Le lieutenant de louveterie avait dû passer par là, se dit Axel.

Le brouhaha journalier du commissariat l'avait fatigué. Alors pour s'octroyer un instant de calme et de solitude, il dévia son parcours par la rue des Rondeaux, celle qui longe le Père-Lachaise. Peu de personnes s'y aventuraient la nuit, car on raconte que c'est l'heure où les esprits sortent du cimetière pour vous manger le cerveau. Cependant, les grands adeptes de la Foi assuraient que si l'on priait assez fort l'Univers trois fois dans le sens inverse des aiguilles d'une montre, on pouvait passer par cette rue et en réchapper. Axel n'avait jamais prié l'Univers parce qu'il était dyslexique, et il ne s'en portait pas plus mal. On avait pourtant bien tenté de lui inculquer les principes de la Foi à coups de psaumes répétés lorsqu'il était encore enfant au Village, mais rien n'y avait fait.

Il s'écarta du cimetière, loua un skateboard pour descendre les escaliers de la rue Stendhal, et s'en retourna vers son domicile de la rue Saint-Blaise. Mais son esprit vagabondait ailleurs : il avait la désagréable sensation de se retrouver malgré lui au cœur de cette histoire.

Il avait vécu son enfance au Village dans la constante peur d'être attaqué par des loups, et il ne souhaitait pas que cela se reproduise à Paris. Personne n'enquêtait ? Soit. Demain, il prendrait les devants.

5.
Pendant ce temps, au Village… (I)

Le parvis du temple de la spiritualité était bondé en ce jour de Saint-Glinglin. Venus de tous les hameaux du village, les habitants s'étaient retrouvés là en attendant l'office : ceux du lieu-dit des Racleurs, la famille du mas Pastorel, et même Le Ter, cousin du maire, qui avait accepté de descendre des murailles pour assister à la cérémonie. À l'angle de l'édifice religieux, le tavernier avait garé son triporteur à boisson, et Fernand y enchaînait les verres sous prétexte qu'il faisait soif en ces brulants jours d'été.

Le maire observait la scène, plus discret et moins volubile qu'à l'habitude. Il tentait maladroitement de garder une contenance sous un soleil de plomb, son corps obèse engoncé dans une tunique blanche gorgée de sueur. Il acceptait à regret que ses concitoyens puissent se réjouir de cette fête antirépublicaine et avait parfois bien du mal à les comprendre. Mais fort heureusement, il les aimait comme ses enfants. La vieille Aglaé, sans doute la plus fervente bigote, attendait devant la porte de l'édifice. Pouvait-on lui reprocher de croire en l'Univers ? Elle qui trente ans auparavant avait perdu son nourrisson, faute de pouvoir lui donner le lait qui lui aurait sauvé la vie. Et comble de l'ironie, à soixante ans passés, elle se mettait à en produire jusqu'à n'en plus finir. Pouvait-on la blâmer d'espérer que sa croyance sans faille vienne atténuer la douleur de son corps ? Non, bien sûr que non, se répétait le maire.

C'est alors que les portes du temple s'ouvrirent, surprenant tout le monde, y compris Aglaé qui fut projetée trente mètres en arrière. L'air issu de l'édifice était frais et sut charmer les villageois qui se ruèrent à l'intérieur, à l'exception du tavernier qui prenait le temps de bien cadenasser son triporteur, et du maire qui traînait des pieds pour assister à l'office.

Le grand prêtre des dieux — intimement appelé « le Gourou » — était caché derrière l'autel. Il attendait patiemment que les villageois s'installent. Et quand les chuchotements remplacèrent les brouhahas des premiers instants, il lança sa machine à fumer et fit lentement son apparition. Depuis la nef, on vit d'abord son chapeau à pointe retombant sur ses cheveux gras, puis ses yeux, roulant indépendamment l'un de l'autre, fixant les villageois avec un strabisme tel qu'il eut été difficile de savoir lequel d'entre eux était jugé coupable. Le Gourou déplia ensuite ses jambes malingres pour ostensiblement révéler son costume mauve, parsemé de strass qui reflétaient la moindre lumière filtrée par les vitraux du temple. Il observa ses ouailles demeurées coites et leur sourit de ses dents gâtées.

Comme à l'habitude, la cérémonie débuta par une série de réclames. Des apprentis Gourous, bardés de lourds panneaux publicitaires, défilaient dans le chœur, vantant tel ou tel sacro-saint produit. Puis, la propagande doctement faite, le grand prêtre se saisit de ses sandales et les jeta au visage de ces enfants-sandwich, qui s'enfuirent aussi sec dans la sacristie.

Il s'immobilisa ensuite, le regard planté dans le sol, pour un recueillement qui devait durer dix-sept minutes. Lorsqu'il se décida finalement à s'assoir, tous en firent de même, satisfaits de soulager un temps leurs lombaires. Mais il se releva, alors tous se relevèrent. Il tourna sur lui-même et tous l'imitèrent. Puis, de sa voix chevrotante et haut perchée, le grand prêtre se mit à chanter. Ses ouailles l'accompagnèrent, au fait de cet hymne qu'ils répéteraient plusieurs fois : « La spiritualité, c'est la santé. Pour la préserver, il faut prier. Si tu décides de penser, tu vivras dans le péché. Accueille la lumière jusque dans ton slip, hip hip hip... » Au huitième refrain, le prêtre conclut seul par un laconique « hourra » et tous se rassirent enfin.

Puis, ils jouèrent au *Gourou a dit* : levez-vous, serrez la main de votre voisin, bavez-vous sur les joues… C'était le passage ludique pour les enfants ; très attentifs, ils ne s'exécutaient que quand *le Gourou avait dit*.

Vint ensuite l'heure du prêche que le grand prêtre récita avec conviction. Une sorte de variante des habituels sermons : tous étaient coupables — les dieux voyaient chacune de leurs actions — et si un jour les loups revenaient rôder, la faute en incomberait à leur absence de foi. Cette homélie tant de fois répétée ne manquait jamais d'inquiéter les villageois. Les plus vieux, car ils savaient. Les plus jeunes, car ils se figuraient. Même Aglaé, pourtant si dévote, ne pouvait s'empêcher de se signer avec frénésie à l'écoute de ce discours sentencieux. Fort heureusement, dans son habituelle magnanimité, le Gourou conclut son sermon par un geste de la main destiné à effacer au nom des dieux les fautes de tous ces pêcheurs.

L'office était terminé, alors le grand prêtre s'avança dans l'allée centrale et déclara :

— Suivez-moi, répandons la bonne parole auprès de nos brebis égarées, et offrons-nous la clémence des dieux.

Il sortit de l'édifice et les villageois prirent lentement place derrière lui. La procession vagabonda un temps dans les rues de la cité avant de s'orienter vers les remparts. Cette foule compacte était bruyante, agitée. Elle frappait le pavé de ses chaussures ferrées. Le Gourou hurlait des incantations dans le dialecte des anciens. Et tous, impressionnés par la maîtrise de cette langue qu'ils ne comprenaient pas, répondaient par des acclamations.

Une fois la porte sud franchie, cette sorte de longue chenille déambula en direction de la vallée. Puis, l'avant du cortège, chapeau pointu en tête, entama quelques pas de gigue qu'il communiqua au reste de l'animal.

Le maire, placé en queue de peloton, avait finalement décidé de s'amuser aussi. Mais, ayant coincé son *Hula hoop* autour de sa taille quintuple XL, il s'était renfrogné et remis à bouder. Il suivait malgré tout le lépidoptère qui se déhanchait, se tordait, désormais proche de la transe, ses petits bras tendus vers la lumière. Arrivé au bord de l'eau, l'avant de la chenille vint se saisir de sa queue pour dessiner un cercle parfait à l'intérieur duquel on allumerait un immense brasier. Et malgré l'insoutenable chaleur du soleil de midi, les villageois seraient heureux, ravis de dégouliner de sueur, fiers d'exulter leurs péchés par tous les pores.

La fête de la Saint-Glinglin durerait ainsi jusqu'au matin. Les habitants y sacrifieraient une partie de leurs récoltes pour s'assurer la protection des dieux, tandis que le Gourou jetterait dans les flammes quelques livres hérétiques. Ce ne serait ensuite que douceurs et embrassades, un moment festif où le jeune Tircis tenterait sa chance auprès de la belle Amarante, dans l'espoir de repeupler le village à l'abri des regards.

6.
Visite au Muséum

Elvire marchait en direction de son travail. L'air sentait la barbe à papa, et cela lui plaisait. Ce matin encore, sourire aux lèvres, elle irait faire progresser la science dans les locaux du 55 de la rue Buffon, au Museum d'Histoire Naturelle. À son arrivée, comme toujours, elle jeta un rapide coup d'œil à l'inscription qui ornait le fronton du portail : « Ilot de rationalité, personne absurde ou loufoque s'abstenir ».

C'était son combat : la raison face à l'absurde. Expliquer, comprendre, toujours à la recherche de la vérité. Les faits, rien que les faits pour expliquer le monde, et faire ainsi disparaitre croyances et affabulations.

La grille franchie, elle s'orienta dans un dédale de bâtiments anciens entremêlés de préfabriqués de mauvaise qualité. Elle passa sous une arche à gauche, contourna un premier immeuble par la droite, puis un deuxième : elle était arrivée.

Et alors qu'elle pénétrait dans les locaux du pôle *Homme et Environnement*, l'un de ses collègues vint la saluer prestement et l'informa qu'un commissaire de police l'attendait pour l'interroger. Intriguée, elle accéléra le pas et se posta à l'entrée de son bureau entrouvert. Elle découvrit une personne de dos, les cheveux brun et plutôt grand. Il observait le décor de la pièce avec attention.

— Bonjour, dit-elle timidement.

— Ah, bonjour ! répondit Axel un peu surpris par son arrivée. Vous êtes Elvire Clary ? Je suis le commissaire Némès-Ressac du 20e arrondissement.

— Je vous en prie, installez-vous, dit-elle en désignant une chaise.

Et tandis qu'elle contournait la table pour prendre place face à lui, Axel en profita pour l'examiner d'un œil rapide. Elle semblait jeune, dans la trentaine. C'était le genre sans artifice ni maquillage, chaussée de baskets et vêtue d'un T-shirt trop large. Il émanait d'elle une impression de liberté. Ses cheveux châtain clair, un peu ébouriffés, éclairaient un visage aux pommettes saillantes, venues renforcer son regard méfiant. Axel se permit un sourire et dit avec douceur :

— Tranquillisez-vous, je suis là pour vous poser quelques questions dans le cadre d'une enquête en cours.

Elvire ne raffolait pas des flics. Trop exécutants et bien peu pensants, s'amusait-elle à dire parfois. Mais celui-ci avait l'air différent, tout du moins différent de l'image stéréotypée qu'elle pouvait se faire de la police. Il avait les cheveux mi-longs et une barbe de trois jours couvrait son visage anguleux. Son regard lui parut doux, mais d'une profondeur étrange.

Axel enchaîna :

— Vous êtes bien spécialiste de la faune sauvage et plus spécifiquement des loups, n'est-ce pas ?

Sans prendre la peine de détailler son parcours, Elvire se contenta de préciser humblement que, à l'instar d'autres chercheurs, elle avait une connaissance assez exhaustive de l'animal.

Le commissaire prit acte avant de lui énoncer les faits : l'entrée de loups, puis de sangliers, de hyènes, et autres bêtes dans Paris ; l'action du lieutenant de louveterie, l'organisation de battues, l'indifférence de ses collègues… Il avouait son inquiétude et souhaitait en connaitre davantage sur la faune sauvage et plus spécifiquement sur le loup, et sur ce qui l'avait poussé à entrer dans la capitale.

Elvire avait eu vent de ces histoires incroyables, dont elle s'était d'abord moquée, tant cela lui semblait insensé. Mais voilà qu'un officier de police venait lui confirmer l'impensable. Des loups étaient entrés dans Paris !

Elle tenta de calmer son enthousiasme et prit une attitude professionnelle.

— Je ne vous cache pas mon étonnement que des loups soient entrés dans la capitale. Contrairement à ce que nous enseigne l'imagerie populaire, ces animaux sont très sauvages et apprécient une certaine tranquillité.

— Oui, mais le loup est aussi un prédateur dont la voracité outrepasse les frontières de la légende. Et c'est ça qui m'inquiète.

— C'est un peu réducteur, tempéra Elvire. Il a mauvaise réputation sous prétexte que c'est une espèce concurrente de l'homme dans la chaîne alimentaire. Mais une fois repu, il devient sans danger.

Axel sourit, plongea son regard dans les prunelles noisette d'Elvire, et déclara avec malice :

— Vous admirez les loups, je me trompe ? En même temps, quoi de plus étonnant pour une spécialiste de l'espèce…

Pour la première fois, Elvire sourit. Ce simple mouvement de bouche dévoila ses dents blanches et vint illuminer son visage. Axel l'accueillit comme une pointe dans la poitrine. Un cocktail d'émotions — attirance, doute, peur, désir — qu'il s'empressa d'enfermer au plus profond de lui.

Elvire ne sembla pas le remarquer et enchaîna :

— Oui, d'une certaine manière, le loup m'intrigue. C'est un animal grégaire, paradoxalement soumis à la hiérarchie de la meute, mais à la liberté sans concession. Il est beaucoup plus proche de l'homme que ce que vous semblez le penser.

— Vous me précisiez pourtant qu'il avait justement tendance à le fuir, alors comment expliquer sa présence jusque dans les rues de la capitale ? dit-il d'un ton espiègle.

Elvire sourit à nouveau et Axel détourna le regard. Elle poursuivit :

— Nombre d'études historiques démontrent que la prolifération des loups est fortement corrélée aux périodes de guerres, d'épidémies et de disettes. C'est une espèce concurrente et opportuniste qui profite de l'effet d'aubaine lorsque les hommes s'embourbent dans leurs conflits.

— D'accord, mais pourquoi venir à Paris ? demanda Axel.

— Je ne sais pas, mais la chose s'est déjà produite par le passé. Durant le haut Moyen-Âge, ils ont fait plusieurs incursions dans la capitale, causant quelques dizaines de victimes. C'était une période sombre, de conflits permanents, entrecoupés d'épisodes de peste. Alors les loups ont proliféré, se contentant d'abord des forêts giboyeuses, avant de s'attaquer au bétail, puis de s'en prendre à l'homme.

Axel était perplexe et aurait souhaité une explication plus concrète.

— Et vous auriez une hypothèse sur leur présence aujourd'hui ? demanda-t-il.

— À ce stade, il me paraît risqué de faire trop de recoupements avec l'histoire. Les possibilités d'une interprétation anachronique ou partisane sont nombreuses.

— Je n'en apprendrai donc pas plus ?

— Non, pas aujourd'hui. Mais nous pourrions délaisser un peu ma spécialité et nous interroger sous le prisme des sciences dures, expérimentables et vérifiables. Faites-moi parvenir les prélèvements de quelques animaux abattus : poil, sang, salive… Un partenariat avec le laboratoire de génétique nous permettrait, je pense, d'en apprendre davantage.

— Très bien, je vous transmets tout ça dans les plus brefs délais, conclut le commissaire impressionné par le fonctionnement du cerveau d'Elvire.

Avant de se quitter, ils échangèrent leurs cartes, et Axel prit le temps d'inscrire son numéro personnel sur la sienne. *Était-il intéressé par autre chose que les loups ou prenait-il cette histoire terriblement à cœur ?* Elvire n'aurait su le dire, mais lors de son exposé, il n'avait fait que boire ses paroles avec un mélange d'inquiétude et d'attention.

7.
Sauterie en louveterie

Tandis qu'il se préparait pour la soirée au Palace Club en l'honneur du lieutenant de louveterie, Axel repensait à Elvire, à la détermination de ses yeux, ainsi qu'à l'impressionnante justesse de ses paroles. Il s'était senti serein au sein du Museum et c'est à regret qu'il avait quitté l'institution, se promettant d'y retourner au plus vite.

Il avait occupé sa journée à coudre des froufrous en flanelle sur le col de sa chemise pour paraître plus distingué, et repassait à présent sa veste à la hâte, dans l'espoir de ne pas arriver trop en retard. S'ensuivit un rapide coup d'œil dans la glace avant qu'il ne dévale les escaliers et ne s'oriente vers la station de zeppelin de la porte de Bagnolet. Il se rendit au sommet de la tour Ponant des Mercuriales et sauta dans l'aéronef direct pour la porte Maillot. Arrivé sur place, il termina son trajet par une marche dans le Bois de Boulogne.

L'entrée du Palace Club était animée. Nombre de véhicules extravagants stationnaient devant le service voiturier, leurs occupants faisant vrombir les moteurs pour attirer l'attention de l'employé. Lorsque les invités sortaient, caméras et appareils photo flashaient en tous sens dans l'espoir de rassasier la presse du lendemain.

Axel n'était guère enthousiaste à l'idée de faire la couverture des journaux, et c'est tapi dans l'ombre qu'il chercha à rejoindre au plus vite l'entrée principale. Lorsque le portier le vit surgir du bois, il sortit un couteau à cran d'arrêt de sa poche et aboya dans sa direction. Axel se contenta de montrer sa carte de policier avec nonchalance. L'homme se révéla confus ; il se courba, s'affaissa, se roula sur le sol et présenta son flanc en guise de soumission. Axel lui tapota la bidoche et entra.

Il attendit parmi les convives pour déposer sa veste à la consigne. Il reconnut là des politiques, des mondains, et quelques patrons de presse, dont le célèbre Foster Kane de la revue *Proche de l'Info*. Ils riaient fort et s'inquiétaient faussement de la présence d'animaux sauvages aperçus essentiellement dans l'Est parisien.

Le vestibule franchi, Axel pénétra dans la salle de réception. La pièce se voulait intime mais demeurait immense. De forme ovoïdale, elle était cernée de colonnes corinthiennes venues soutenir un plafond aux peintures antiques. Tentures rouges en lycra et statues de marbre s'étaient ajoutées au décor d'origine et contribuaient à faire rayonner l'espace. Sur les côtés, deux escaliers descendaient et permettaient de rejoindre la majeure partie des invités, là où on avait disposé le buffet.

Un valet vint proposer du champagne à Axel. Il le commanda sans bulle afin que ça ne lui monte pas trop à la tête, et déformation professionnelle oblige, il parcourut l'assemblée du regard. Plusieurs tables hautes étaient réparties dans les coins de la salle, ce qui n'empêchait pas les courtisans d'être disposés en cercles, avec au centre de la pièce, sous un immense lustre de cristal, les principaux protagonistes de la soirée : le ministre de l'Ordre et des Surprises-parties, le commissaire divisionnaire Deschannel, et le lieutenant de louveterie. Ils riaient à gorge déployée, s'échangeant de bons mots et se tapant sur l'épaule comme de vieux copains.

À la vue de ces hommes de pouvoir, Axel eut un haut-le-cœur, un sursaut. L'envie subite de dégommer avec son flingue l'immense lustre en cristal, pour qu'il s'écrase sur les trois protagonistes et que les débris viennent taillader le visage des courtisans. Heureusement, il avait l'habitude d'étouffer certaines pulsions et il n'eut aucun mal à réfréner celle-ci.

Le lieutenant de louveterie l'aperçut, et en bon camarade, lui fit signe de s'approcher. Axel n'était guère friand des mondanités, mais il connaissait les codes : une claque sur les fesses pour le cow-boy, une bise pour son supérieur, et le baisemain pour le ministre — une courbette qui lui heurtait de plus en plus le dos. Le lieutenant vanta le professionnalisme d'Axel ; Axel rendit la pareille au lieutenant. Quant au ministre de l'Ordre, ce gros nounours au visage joufflu, il posa nombre de questions à Deschannel qui, peu au courant de la situation, les retournaient à Axel.

Puis ce fut l'heure du discours, très protocolaire. Le ministre remercia le lieutenant de louveterie de protéger la ville, et le lieutenant remercia le ministre de lui faire confiance. Après cela, ils se dispersèrent pour participer au jeu des paluches qu'ils devraient serrer avant d'attaquer le buffet.

Les tables étaient disposées à proximité des colonnes qui soutenaient la voûte de l'édifice. L'artiste Julio Pepito avait concocté l'ensemble des mets, avec pour ingrédient des animaux exécutés par le lieutenant. La plupart des convives s'était ruée sur les desserts : des carrés de sangliers enrobés de beurre de cacahuètes, sur lesquels avait été disposé un coulis de framboise jeté à la spatule.

Axel préféra s'orienter vers les gigots d'ours rôtis qu'il fallait saucer du bout de sa pique dans une fontaine de sueur et de sang. Et tandis qu'il y plongeait sa tige en inox en prenant soin de ne pas tacher sa chemise à froufrous, le lieutenant de louveterie s'approcha sans bruit et lui tapota l'épaule. Axel eut un sursaut et échappa son couvert qui disparut dans le siphon. Devant l'air embarrassé d'Axel, le cow-boy le rassura :

— Ne vous inquiétez pas pour ça… Alors, vous vous amusez ?

— Je ne suis pas un habitué des mondanités, mais oui, concéda Axel.

— Tant mieux, tant mieux… Vous savez, vous êtes un peu à l'origine de mon succès, et sans vous, cette fête n'aurait peut-être pas eu lieu. Je prends donc le temps de discuter, histoire que mon prestige rejaillisse sur votre personne, précisa le lieutenant avec suffisance.

— Et bien merci, répondit Axel mal à l'aise.

Sans doute était-il naïf ou idiot, mais il n'avait jamais bien saisi les enjeux de pouvoir, les intérêts, les rapports de soumission et d'allégeance. Axel faisait son travail consciencieusement, ce qui lui valait parfois les critiques, parfois les honneurs ; c'était ainsi.

Le visage du lieutenant s'assombrit. L'homme semblait soucieux.

— Je souhaitais également vous faire part de quelque chose d'un peu délicat…

— Je vous écoute, dit Axel.

— Bien, bien… Vous savez, ces derniers temps, je n'ai pas lésiné à remplir la charge qui m'incombait. L'organisation de battues, de traques, de chasses, de combats… Et, avec la presse à contenter et les honneurs à recevoir, je n'ai eu que peu de temps pour réfléchir, mais j'ai des doutes…

— C'est-à-dire ? demanda poliment Axel qui ne voyait pas où son interlocuteur voulait en venir.

Le lieutenant paraissait maintenant très inquiet. Il prit le bras d'Axel, l'amena derrière l'une des colonnes corinthiennes et regarda autour de lui, comme pour s'assurer que personne n'entendrait la conversation. Axel lut dans ses yeux une forme d'affolement, une peur tapie cachée par son habituel visage bouffi de témérité.

— Vous ne savez toujours pas d'où viennent ces animaux ? demanda le lieutenant.

— Non, aucune idée. Personne n'a pris la peine d'enquêter sur ce sujet.

— C'est fâcheux, répondit-il.

— Enfin… J'ai lancé une initiative personnelle, lâcha Axel. J'attends des résultats du laboratoire de génétique du Museum d'Histoire Naturelle, mais pour l'instant, c'est l'impasse. Pourquoi ces questions ?

Le lieutenant était mal à l'aise. Il passa la main sous sa casquette afin de se gratter les cheveux et ce mouvement fit tinter les nombreuses médailles épinglées sur son torse.

— Ces bêtes sont parfois étranges, dit-il. J'ai d'abord été choqué par la facilité de les abattre. Dans la forêt, vous pouvez poursuivre un loup sur plusieurs kilomètres, et ce pendant des jours. Pourtant, ici, les animaux ne semblent pas avoir peur ; c'est comme s'ils étaient chez eux.

— Où voulez-vous en venir ? l'interrogea Axel, un peu agacé par toutes ces circonvolutions.

— Voilà… L'autre jour, j'ai été appelé pour un loup qui se désaltérait paisiblement au bassin de la Villette. Et alors que j'allais tirer, il s'est relevé — sur ses pattes antérieures ! Le pire, c'est que nombre de passants ne semblaient pas y porter attention.

— Et alors ? dit Axel avec nonchalance. Nous vivons dans un monde absurde. Vous ne devriez pas être choqué.

— Sans doute, mais j'ai ressenti comme un pincement quand je l'ai abattu. Une sorte de petite douleur au niveau du cœur. Depuis, cette douleur est lancinante dans ma poitrine…

— Êtes-vous allé voir un médecin ? demanda négligemment Axel en tendant le bras pour se servir une verrine de daube au piment.

Le lieutenant lui agrippa l'épaule et plongea son œil terrifié dans le sien.

— Enlevez votre masque ! Vous n'êtes pas stupide vous, alors écoutez ! Il n'y a pas que ce loup ; l'autre jour, c'est deux chacals qui se promenaient main dans la main devant le Panthéon. Et avant-hier, vous m'avez appelé pour une hyène qui rôdait dans le cimetière du Père-Lachaise, vous vous souvenez ?

— Oui, bien sûr.

— Eh bien, figurez-vous que cette hyène m'a parlé.

Les discours peu réalistes de cet homme relevaient parfois de l'affabulation, mais cette fois-ci, il avait l'air terrorisé et sincère.

Les mains tremblantes, le lieutenant bredouilla la suite de son épopée :

— J'avais réussi à la bloquer à l'angle sud-est du cimetière. Et lorsque je la mise en joue, elle me supplia de ne pas la tuer.

— Comment avez-vous réagi ? demanda Axel, désormais complètement absorbé par l'histoire du lieutenant.

— J'ai tiré… Et lorsque je me suis approché de la bête pour vérifier son état, elle haletait, blessée au sol.

— Qu'avez-vous fait ?

— J'ai tiré à nouveau, plusieurs fois dans la tête. J'ai massacré son visage jusqu'à l'incruster dans le bitume de l'allée… Depuis je ressens comme une gêne…

— La culpabilité ? demanda Axel.

— Ce serait bien étrange de ma part, mais pourquoi pas ? répondit le lieutenant évasif. Le problème c'est que maintenant je fais des cauchemars, j'ai des doutes…

— Et pourquoi ?

— Parce que j'ai la sensation que les bêtes sauvages que nous abattons depuis plusieurs semaines sont en fait des hommes.

Axel eut le souffle coupé par la révélation et les étranges cicatrices qu'il avait sur le corps lui firent l'effet d'un déchirement. Il aurait voulu en parler davantage, mais le ministre et son ami Foster Kane, patron de *Proche de l'Info*, accostaient déjà le lieutenant pour le féliciter de cette fantastique sauterie. Le visage du gros bonhomme s'éclaira et toute expression de peur disparut. Il était redevenu le cowboy protecteur de la capitale.

8.
Peu à l'aise rue Saint-Blaise

Si les révélations du lieutenant de louveterie avaient d'abord bouleversé Axel, un doute subsistait à présent. Devait-il porter attention aux élucubrations de cet homme un peu grotesque ? Il était poudroïnomane, c'était de notoriété publique. Il dévissait les cartouches de 22 et les sniffait pour partie avant chaque intervention. Il construisait pour la presse un roman d'aventures dont il était le héros, amplifiant ses succès et brodant autour des vides. Alors, quel crédit accorder à cet homme qui avait vu des animaux debout, des animaux qui parlent ? …

Mais c'était dimanche et Axel souhaitait évacuer ces histoires de sa tête : les loups, les meutes, le lieutenant, la hiérarchie… Après la sauterie du Palace Club de Boulogne, il aspirait aux plaisirs simples. Comme chaque fin de semaine, il prendrait le temps d'acheter son journal et d'effectuer quelques courses pour se préparer un bon repas. C'est dans cette idée qu'il remonta la rue Saint-Blaise depuis son domicile. Le square aux Mioches était animé : les enfants du quartier s'amusaient à décoller grâce à leurs *rockets fly*, bondissant dans le ciel et importunant les habitants du premier étage des immeubles. Postés au café de la rue du Clos, les adultes jetaient parfois un regard réprobateur sur leur progéniture.

Axel salua de la main les enfants, puis les parents. Tous connaissaient le commissaire par ici. Et lui aimait ce quartier, une sorte de petite bourgade dans Paris. Oui, peut-être que la chaleureuse ambiance du Village lui manquait parfois.

Laissant ses réflexions sur site, il reprit sa route, et alors qu'il était parfaitement détendu, la vue du magnolia de la place des Grès lui serra le cœur. Traversant la rue de Vitruve, il repensa à la première battue, au lieutenant. Et s'il avait raison ? Si les loups, les bêtes sauvages, étaient effectivement des hommes ?

Axel s'efforça de chasser ces pensées et s'obstina à remonter la rue, dont l'aspect bucolique, les pavés et les maisons basses lui facilitèrent la tâche. Les piétons circulaient gaiement, les commerçants installaient leurs terrasses ; tout allait pour le mieux.

Il traversa la rue de Bagnolet et s'avança vers le nouveau kiosque à journaux aménagé au pied des marches de la rue Stendhal, en remplacement de la bibliothèque Marguerite Duras. Il contourna la guérite pour s'enquérir des dernières nouvelles affichées dans la vitrine. Le magazine *Proche de l'Info* titrait à la Une : « Les loups sont entrés dans Paris ».

Axel se saisit du journal et parcourut l'article. Les chiffres, les données, tout paraissait exact. Le texte était racoleur et les photos propres à choquer, mais le contenu restait fidèle à la réalité. Si cela lui sembla d'abord étrange — pour un torchon de ce type —, il se souvint de la présence de Foster Kane, le patron de *Proche de l'Info,* lors de la sauterie au Palace Club. Il y avait également son supérieur, et aussi le ministre. Est-ce eux qui avaient fait fuiter ces données sensibles ? Le lieutenant de louveterie ?

Le commerçant regardait Axel du coin de l'œil et tapotait sur son comptoir pour lui rappeler que la bibliothèque avait fermé, qu'ici c'était un kiosque, et qu'il fallait payer. Mais lorsqu'Axel se tourna et lui tendit le journal, le commerçant le reconnut et se radoucit :

— Ah, commissaire, cette histoire de loups, incroyable, non ?!

— Oui en effet, répondit sèchement Axel qui ne souhaitait pas s'engager dans cette conversation.

Le kiosquier semblait toutefois heureux, ses bénéfices étant corrélés aux mauvaises nouvelles. Il insista :

— *Proche de l'Info* a recensé les bêtes : c'est quarante-deux loups qui auraient été aperçus dans Paris, trente-six sangliers, vingt-six hyènes, quatre ours, et j'en passe…

Mal à l'aise, Axel se caressa la nuque. Le kiosquier enchaîna :

— Figurez-vous que je suis aussi *bookmaker*, précisa-t-il.

Il mit une casquette de couleur sur son front dégarni, et son œil devenu vif, il ajouta :

— Vous voulez parier sur le nombre de loups qui seront abattus d'ici demain ?

— Je… n'aime pas trop ce genre de paris, répliqua Axel de plus en plus mal à l'aise.

— Je vois, répondit l'homme un peu suspicieux.

Puis, son visage s'illumina.

— Mais j'y pense, dit-il. Vous qui êtes dans la police, vous devez bien avoir quelques infos sur le sujet ? Vous me donnez un bon tuyau et on partage les bénéfices, ajouta-t-il en faisant un clin d'œil en direction d'Axel.

— Non, répondit Axel avec brusquerie. Peut-être auront-ils disparu demain ; peut-être qu'ils seront des milliers. Il est impossible de prévoir !

Vexé de ce refus, le commerçant prit le billet que lui tendait le commissaire et jeta sa monnaie au sol, sans omettre de lui souhaiter une bonne journée.

Axel s'efforça de demeurer stoïque, résolu à ne pas se laisser gâcher son dimanche, et ramassa les pièces tombées à terre. Il s'en retourna vers la rue Saint-Blaise, profitant des couleurs et admirant l'irrégularité du sol. Place des Grès, il tenta de humer les maigres effluves du magnolia, déjà disparus en ce milieu d'été. Il traversa ensuite le square aux Mioches en prenant soin d'éviter les *rocket fly*, avant de s'engager dans le passage couvert du centre commercial. Il sourit au cordonnier qui travaillait derrière sa vitrine, puis se laissa happer par les odeurs de la boulangerie qui vinrent se mêler aux effluves de poulets rôtis installés devant la boucherie.

Oui, l'idée d'un poulet accompagné de pommes de terre le rendait joyeux. Il se résolut donc à affronter la file d'attente, plus longue qu'à l'ordinaire. Il lui sembla que c'était jour de fête. Les clients remplissaient leurs cabas, amassant saucisses de bœufs et cervelles de moutons. Quand ce fut enfin son tour, il échangea quelques mots avec le boucher qui se réjouissait de l'intérêt soudain que les gens du quartier avaient pour son commerce. C'est avec un large sourire qu'il emballa le poulet du commissaire, arrondissant généreusement le prix à l'avantage du client. Axel le remercia et s'en retourna vers la porte d'entrée.

Une dame âgée tentait vainement de pénétrer dans la boucherie. Elle devait dans le même temps monter une marche, tirer son cabas et pousser la porte. Axel lui tint donc la porte et souleva le cabas jusqu'à l'intérieur de la boutique. La vieille femme enjamba la marche et releva la tête ; elle semblait ravie de cet acte civique. Pourtant, son sourire vint se planter comme un poignard dans la poitrine d'Axel. Ses dents étaient étrangement blanches, luisantes ; elles paraissaient affûtées et sortaient presque de sa bouche. Et autour de cette bouche, s'était développée une sorte de barbe. Mais pas celle que l'on attribue aux vieilles femmes, éparse et drue. Non, c'était une sorte de duvet qui lui recouvrait le visage.

Un peu sonné, Axel bredouilla quelques mots et s'en retourna dans le centre commercial. L'odeur du pain chaud avait disparu, et les odeurs de colle du cordonnier pénétrèrent ses narines avant d'envahir son cerveau. Il n'aimait pas. *Prendre l'air au plus vite !*

Il ressortit rapidement vers le square aux Mioches et huma l'extérieur. Avait-il bien vu ? Les vapeurs de colle lui avaient-elles tourné la tête au point de tromper ses sens ?

La place était déserte ; les enfants avaient probablement disparu dans le ciel avec leurs engins volants. Mais alors qu'Axel allait s'engager pour traverser le square, il resta hébété devant le spectacle qui s'offrait à lui. Un loup sifflotait, un paquet sous le bras, un béret sur la tête. Le poil luisant, le regard fixe, l'animal prit soin de l'ignorer en le croisant. La rue était animée ce dimanche, mais aucun des passants ne semblait avoir remarqué ce loup. Axel avait-il halluciné ? Jetant un œil au ciel, il vit les enfants revenir sur la place. D'abord inquiets, puis très vite insouciants, ils reprirent leurs acrobaties.

9.
Gueule de bois de gueules-de-loup

Le lieutenant de louveterie ouvrait les yeux, la bouche pâteuse, une sorte de battement de cœur arythmique dans la tête. Il se réveillait dans son studio de la place de la Bastille, perché en haut de la colonne de Juillet, et n'avait plus guère de souvenir de la soirée au Palace Club de Boulogne. Il avait la nausée et la rondeur des murs l'empêchait de trouver ses repères. Il poussa finalement les chiens qui dormaient avec lui et se leva avec difficulté.

La pièce était minuscule et décorée d'articles passablement jaunis, venus conter ses exploits. Quelques excréments jonchaient le parquet — il ne songeait que rarement à promener sa meute — et l'odeur qui régnait était détestable. Il lui faudrait nettoyer tout ce fatras, pensa-t-il dans un soupir d'épuisement.

Mais il se contenta d'ouvrir la fenêtre orientée vers la Seine, dans l'espoir d'en respirer les embruns. Au loin, un zeppelin disparaissait entre les deux soleils. Les mouettes profitaient de ce passage inopiné pour quémander de la nourriture aux touristes confortablement installés dans leur nacelle à ciel ouvert. D'autres oiseaux s'efforçaient de percer de leur bec l'immense réservoir d'hélium qu'elles prenaient pour une espèce concurrente. Fort heureusement, la structure des ballons avait été renforcée de plaques de cuivre, dont la rigidité empêchait tout accident d'origine animale, et sur lesquelles les soleils reflétaient de jolies couleurs jusque dans les rues les plus sombres de la capitale.

Le lieutenant manquait d'air, alors il enjamba la fenêtre qui donnait sur son balcon. D'un rapide coup d'œil, il observa le Génie de la Liberté, en équilibre sur la colonne, et fut instantanément pris de vertiges. Chancelant, il dirigea son regard vers le bas, sur la place de la Bastille. C'était une fourmilière en mouvement, un spectacle assourdissant, un ballet de véhicules à moteur qui klaxonnait à tue-tête, de *rocket-fly*, de skateboards qui rythmaient le sol irrégulier des pavés, le tout pris dans un tourbillon qui le fit vaciller à nouveau. Il regagna l'intérieur de son appartement avec difficulté et s'allongea sur le lit.

C'est alors que l'interphone sonna. Une livraison, sans doute une admiratrice. Ragaillardi par la vénération que lui portaient encore certaines femmes malgré son âge, il ouvrit la porte de son ascenseur de verre et descendit tranquillement le long de la colonne de Juillet.

Un postier l'attendait au pied du monument. Il lui tendit un bouquet de fleurs que le lieutenant renifla machinalement. Il fut pris d'une nouvelle nausée :

— Qu'est-ce que c'est que ça ? demanda-t-il.
— Des gueules-de-loup. Pourquoi ?
— Parce que ça pue, répondit le lieutenant avec franchise.

Et tandis qu'il allait renchérir, il fut distrait par un événement d'une tout autre importance : sa *wolfmobile* était emboutie contre la colonne de Juillet, le capot plié, le pare-brise dessoudé, et probablement le moteur touché. Le lieutenant ne gardait que peu de souvenirs de sa sauterie au Palace Club, hormis le fait qu'il en était revenu ivre et défoncé, comme à son habitude.

Furieux, il prit les fleurs des mains du livreur et regagna son ascenseur de verre. Puis il fouilla dans le bouquet et découvrit un billet sur lequel était inscrit :

« Humez avec sérénité le parfum de ces gueules-de-loup que vous n'aurez pas à combattre, et songez à moi qui ne rêve que d'une chose : faire des galipettes sur votre ventre. Signé : une fervente admiratrice ».

Elle laissait une photo et ses coordonnées en prime.

Ça puait, mais le message l'avait rendu heureux. Il aurait pu bazarder le bouquet, c'est certain, si ce n'est que refuser une quelconque marque d'admiration lui avait toujours été insurmontable. Alors il se mit une pince sur le nez et disposa dans un vase ces fleurs roses, dont l'aspect lui faisait davantage penser à un vagin qu'à une bête féroce. Oui, déjà il se sentait mieux.

Il croisa son reflet dans la glace et découvrit son costume rouge maculé de traces brunes. Alors il claqua les bretelles de son pantalon et s'affaira à nettoyer l'uniforme. Il détacha une à une ses médailles ternies pour les tremper dans une mixture à base de bicarbonate et de citron. Puis, à l'aide d'un savon et d'une brosse, il frotta sa veste avec énergie.

À mesure de son labeur, il lui sembla que les traces de la veille disparaissaient. Il se rapprocha donc de la fenêtre pour inspecter son travail à la lumière du jour. Non seulement les taches brunes n'avaient pas disparu, mais elles semblaient progressivement imprégner le feutre écarlate de son costume. Quant aux médailles, la mixture n'y changeait rien. Elles s'étaient ternies et absorbaient la lumière des soleils sans même en renvoyer un rayon.

Le lieutenant fut saisi d'effroi. Sa véritable personne ne pourrait plus se cacher derrière l'uniforme. Déboussolé, chancelant, il eut la sensation de vaciller avec toute la colonne de Juillet. Il retira la pince qu'il avait sur le nez, et le parfum des gueules-de-loup le prit instantanément, s'immisçant dans sa cloison nasale pour lui grignoter le cerveau. C'était intenable. Alors, les mains tremblantes, il fouilla dans sa besace pour en sortir une cartouche de 22. Il la dévissa avec précaution et en versa le contenu sur la table. Puis il attrapa son fusil et le cassa. Il positionna son nez à l'entrée du deux coups, la pointe de l'arme visant la poudre, et respira du plus fort qu'il pouvait. La matière explosive lui traversa les narines et vint lui chatouiller la tête. Ce fut une délivrance !

Il se laissa porter en arrière et s'écroula sur le lit. Seule demeurait dans sa poitrine une minuscule écharde. Il avait peur qu'on le voie tel qu'il était, ou que les animaux le reconnaissent, se vengent et passent un jour à l'attaque dans un élan de colère ! Sans l'ombre d'un soupçon, il serait leur première victime.

10.
De premiers résultats

Axel rêvassait à son bureau et profitait de cet été ensoleillé. Le mois d'août se déroulait sans trop de heurts et le commissariat avait désempli. Paris s'était vidée de ses habitants, et la ville se laissait bercer au rythme de son fleuve, sur lequel filaient des bateaux-mouches bondés de touristes. Les citadins ne s'inquiétaient guère de la présence d'animaux errants, et préféraient organiser des vacances ou des week-ends improvisés à la mer. Axel aussi était plus détendu, paraphant avec légèreté des notes à destination de sa hiérarchie, l'esprit tourné vers la fenêtre close, d'où parvenait le chant de quelques oiseaux à travers la vitre.

Ce n'est que tardivement qu'il remarqua son collègue ; le brigadier Chenu s'était glissé dans la pièce et se tenait à ses côtés. Axel n'appréciait guère ce subalterne qu'il jugeait encombrant, errant dans les locaux de la rue des Gâtines, avec pour seul but de communiquer ses sombres pensées. Il se déplaçait de bureau en bureau, bavant sa tristesse et sa bile, ce qui inspirait bien vite et à tous ses collègues, une inimitié sans égal.

Le commissaire proposa néanmoins à son brigadier de s'assoir. Celui-ci prit place face à Axel, qui reçut alors en plein visage son physique ingrat : un corps lourd et pataud, un regard perdu dans des orbites trop creuses, et une bouche qui s'affaissait sur un menton déjà tombant. Axel se dit que l'homme était juste là pour se plaindre, alors il n'écouta que distraitement ses propos confus. Il semblait que le brigadier s'inquiétât des animaux sauvages, se sentant à la fois proche d'eux, presque à vouloir les câliner, et en même temps terrifié à l'idée de devenir l'un des leurs. Et tandis qu'il caressait son arme de service en équilibre sur sa hanche, il ne pouvait s'empêcher de répéter qu'il voulait disparaitre. Le commissaire le laissa encore s'exprimer quelques minutes, jusqu'à ce que Chenu conclût malgré lui sa diatribe dans un sanglot réprimé. Axel ouvrit alors un tiroir d'où il sortit un paquet de mouchoirs qu'il tendit au brigadier. Puis il se leva et contourna son bureau afin de lui tapoter maladroitement l'épaule en guise de compassion. Le geste froid et sans âme n'aida en rien son collègue. Aussi, Axel s'écarta et dit encore quelques mots qui se voulaient rassurants avant de le congédier. L'homme s'éloigna d'une démarche un peu gauche, reniflant, étouffant ses pleurs, et quitta la pièce, plus malheureux que lorsqu'il y était entré.

C'est à ce moment que le téléphone sonna. La standardiste informa le commissaire qu'une dénommée Elvire Clary, du Muséum d'Histoire Naturelle, souhaitait lui parler. Le cœur d'Axel se mit à bouger dans sa poitrine, alors il prit quelques secondes pour le calmer avant de répondre à l'appel.

— Bonjour Elvire, désolé de vous avoir fait attendre. Vous auriez pu me contacter sur mon numéro personnel.

— En effet…

— Euh, il y a du nouveau de votre côté ? enchaîna Axel un peu gêné.

— Oui, le laboratoire de génétique a analysé des séquences ADN issues des prélèvements que vous m'avez fait parvenir.

— Et alors ?

— Alors, les résultats sont — elle hésita — plus qu'étonnants…

— C'est-à-dire ? s'enquit Axel.

— L'ADN de ces animaux est étrange. Il contient l'ensemble du génome humain, mais nombre de gènes propres aux caractéristiques de l'homme ont été, soit désactivés, soit modifiés.

Axel peinait à se concentrer, et n'étant pas un spécialiste en génétique, il avait inconsciemment pris le parti de se laisser bercer par la voix d'Elvire, dont le son résonnait dans son crâne comme une multitude de douces aiguilles venues le chatouiller.

— Euh, je ne suis pas certain d'avoir tout saisi, précisa-t-il distrait. Vous pouvez me redire tout ça ?

Elvire soupira et Axel eut la sensation de recevoir un coup de poing dans le plexus. Il cessa donc de rêvasser en mâchouillant son stylo, et l'écouta avec plus d'attention.

— Dans le cas présent, reprit-elle, nous avons affaire à deux types de mutations distinctes : l'une, dite spontanée et causée par la nécessité de s'adapter à un environnement considéré comme hostile par notre corps ; l'autre, plus artificielle, qui semble avoir modifié une partie du génome humain sous l'action d'un quelconque agent mutagène.

— Elvire, coupa Axel. Nous parlons bien d'animaux, pourquoi me parlez-vous de génome humain ?

— Parce que — elle hésita encore — les prélèvements que vous m'avez fait parvenir ont tous, à un moment donné, contenu l'ensemble du génome humain.

Axel n'était pas certain de comprendre. Il bredouilla :

— Vous voulez dire que les animaux que nous avons abattus...

— Oui...

— Étaient des Hommes, conclut Axel dans un soupir.

Il fut abasourdi par les propres mots sortis de sa bouche. Ainsi, le loup croisé rue Saint-Blaise ce dimanche n'était pas une hallucination ; ainsi, les soupçons du grotesque cow-boy s'étaient révélés exacts. Mais alors, qu'avaient-ils donc mangé le soir de la sauterie au Palace club ? Axel eut un haut-le-cœur.

Un peu groggy, il remercia Elvire et proposa de lui rendre visite prochainement afin de poursuivre la conversation. La scientifique parut ravie du crédit que lui avait accordé Axel et raccrocha tout sourire.

Le commissaire laissa vagabonder un temps ses réflexions avant d'être rappelé à la réalité par son brigadier dont il pouvait entendre les pleurs à travers la cloison. Il l'imaginait, les mains gauches et peluchées, la mine basse et les oreilles tombantes, charger et décharger machinalement son arme comme s'il se masturbait avec la mort. Axel considéra un temps l'idée d'aller le consoler, mais de lancinantes douleurs l'en empêchèrent. Il lui sembla que les cicatrices qui tapissaient son torse se rouvraient encore, prêtes à extraire tout le pus qui s'y était accumulé.

Le commissaire réalisait que sa petite enquête personnelle prenait une tout autre dimension, alors il décrocha son téléphone pour alerter sa hiérarchie.

11.
Pendant ce temps, au Village… (II)

Comme à son habitude, monsieur le maire déambulait en son village. Il aimait à humer les odeurs, celles qui lui disaient de quoi ses prochains plats seraient faits. Le printemps s'était avéré fameux : farandoles de fraises, de cerises, d'abricots et de pêches ; des plaisirs sucrés arrosés de crème fraiche sur des pâtes pur beurre. Là, c'était la saison des oignons, et le maire en bavait déjà d'imagination, se rêvant d'engloutir un effiloché de porc accompagné de ces bulbes sortis de terre et finement tranchés qu'il caraméliserait au miel. Demain, ce serait le raisin, les pommes, les châtaignes ; puis l'hiver, les patates, les plats en sauce, le fromage…

Chemin faisant, il croisa le grand prêtre. Et s'il ne le portait dans son cœur, il eût été une faute diplomatique que de ne pas le saluer.

— Bonjour cher Gourou, osa-t-il sans autre forme de protocole. D'où venez-vous comme ça ?

— Du hameau des Racleurs, où j'ai ma foi très bien mangé…

— Vous ne manquez jamais une occasion de vous inviter quelque part, répondit-il avec une pointe de jalousie dans la voix.

— M'inviter à déjeuner n'est qu'un maigre prérequis pour entrevoir les possibilités de la vie éternelle…

— Hum, grommela le maire atteint dans ses valeurs républicaines. Marchez donc avec moi jusqu'au temple.

Ils remontèrent ainsi vers le cœur du village, silencieux, à admirer les champs d'oignons disposés en terrasse. Le vieux Jacques y traînait ses guenilles, raclant le sol de ses mains pour en extirper des bulbes à moitié pourris et jamais plus gros que le poing. Accroupi au bord de la route, il s'entêtait à reproduire le même geste appris depuis l'enfance. Il pétait, rotait, gueulait sur ses salariés, sur l'Univers, et sans doute un peu sur lui-même, d'autant plus que le ciel s'obscurcissait et qu'il s'en voulait de ne pas avoir avancé la date de la récolte.

Lorsqu'il aperçut les deux notables qui venaient à sa rencontre, il retint avec peine ses jurons et les salua avec la rudesse qui le caractérisait. Le maire aussi était inquiet. Il scrutait le ciel, farci de nuages noirs, et voyait déjà disparaitre les confitures d'oignons dont il ne pourrait se rassasier cet hiver.

— Vous pensez qu'il va pleuvoir ? lâcha-t-il au Gourou.
— Si l'Univers estime qu'il faut abreuver la terre, oui…
— Et sinon ?
— Vu les nuages au-dessus de sa tronche, il y a peu de chances que le vieux Jacques ait le temps de rentrer ses oignons. Alors ça va moisir, ça va pourrir, et il n'y aura plus rien, conclut-il en souriant.

Et comme si cette phrase avait été prononcée en guise de prophétie, les premières gouttes, lourdes, denses, tombèrent sur un sol de poussière fatigué par un été trop chaud. D'abord éparses, elles devinrent plus nombreuses, faisant tressaillir la terre d'imperceptibles bruits qui annonçaient la tempête.

Le Gourou ouvrit un immense parapluie et contempla la scène. Le maire, lui, n'abandonnait jamais un villageois. Il se rua dans le champ, certain de la précision de son geste, mais surpris par sa propre lenteur seulement due au temps qui passe. Le vieux Jacques hurlait, jurait, et se fichait bien de la présence du Gourou à présent. Ses salariés, paniqués par le déluge et les cris, s'enfuirent dans les bois, tandis que la pluie redoublait d'intensité. Le maire et l'agriculteur poursuivaient donc seuls cette tâche, les vêtements collés au corps, l'eau s'infiltrant partout. Mais à patauger dans la boue, ils écrasaient par là même leur propre récolte, éclatant des oignons qui pourriraient dans des caisses et transmettraient toutes sortes de maladies aux autres.

Fataliste, Jacques se releva, les bras ballants sous l'averse, et le maire l'imita, car il était trop tard.

Bien à l'abri sous son immense parapluie, le Gourou avait observé la scène sans un certain contentement. Et lorsque le vieux Jacques, la paume des mains sur les tempes, répéta à plusieurs reprises « Putain, mais pourquoi moi ?... », l'homme de Foi répondit doctement :

— Si l'Univers en a décidé ainsi, qui êtes-vous pour en contrecarrer ses plans ?

Le maire s'empressa d'ajouter :

— Ce n'est pas si grave Jacques, le village a encore des réserves. Moi, si tu veux, j'organise un débat municipal : pour ou contre les oignons. Et si les gens sont contre, je t'embauche comme employé de mairie. *T'en* dis quoi ?

Malheureusement, Jacques n'en était pas à ces considérations spirituelles ou pratiques. Laissant exploser sa colère, il chassa les deux notables en les menaçant de leur « foutre un coup de bêche à travers la gueule ». Ecœurés par la réaction du paysan, par son manque de circonvolutions et de respect, ils reprirent donc la route, l'un sous son parapluie, l'autre trop fier pour demander un abri.

À l'approche de la place du village, le maire finit par rompre le silence qui s'était installé :

— Vous y croyez vraiment à l'Univers ?

— Et vous ? Vos débats démocratiques, vous y croyez ?

— C'est ma raison de vivre…

— De bien vivre, j'imagine… Pareil pour moi, dit le Gourou.

— Comment pouvez-vous espérer une nouvelle famine ?

— C'est ma raison d'être, c'est dans la peur et la faim que je suis quelqu'un. Vous recherchez la prospérité du village pour les mêmes raisons.

— Ma cause est juste, dit le maire.

— Le croyez-vous ? répliqua le Gourou, un sarcastique sourire au coin des lèvres. Sommes-nous si différents de ces meutes de loups que nous chassons depuis toujours, cher mâle alpha ?

— Vous n'êtes qu'un monstre.

— Et vous, vous n'êtes qu'un ogre. Rongé de remords. En pathétique manque d'amour et débordant de graisse.

Sur ces mots, le représentant du culte se dirigea vers le temple, tandis que le maire, sonné, trempé, s'enfuit vers ses appartements de fonction, où il pleura en silence, engouffrant de fines tranches de fromage entre deux sanglots.

12.
L'info est dans les tuyaux

En ce début du mois de septembre, malgré les dossiers qui s'amassaient à nouveau sur son bureau, Axel était d'humeur joyeuse, car il avait récemment fait un détour par le Muséum pour rendre visite à Elvire. Si elle se sentait coupable d'avancer lentement dans ses recherches, lui avait enfin pu obtenir une entrevue avec le ministre de l'Ordre et des Surprises-parties. À l'annonce de la nouvelle, Elvire avait souri, et c'est avec cette image incrustée dans la tête qu'Axel s'en était retourné de l'institution en sautillant.

Il avait donc rendez-vous ce jour au ministère et avançait d'un pas décidé dans les rues de Paris, vêtu de sa chemise aux épaulettes de flanelle retournées. Lorsqu'il arriva place Beauvau, le commissaire divisionnaire Deschannel l'attendait.

— Vous vous promenez toujours à pied Némès ? lui demanda nonchalamment son supérieur.

— Quand il n'y a pas d'urgence, oui.

— Très bien, répondit-il l'air soucieux.

Peu rassuré par les initiatives qu'Axel pouvait prendre parfois, il ajouta mal à l'aise :

— Voilà, je connais un peu le ministre. Il est spécial, c'est sûr, mais plus intelligent qu'il ne le laisse paraître. Alors on écoute ce qu'il a à nous dire et on acquiesce, d'accord ?

Axel répondit par un vague signe de tête tandis qu'ils franchissaient ensemble la grille de fer forgé chargée de drapeaux tricolores. À l'entrée de l'hôtel particulier, un valet cira leurs chaussures avant de les escorter jusque dans l'antichambre du cabinet ministériel : une pièce aux murs décorés de bas-reliefs finement ciselés, et dont le sol en parquet était recouvert de tapis d'Orient.

Le commissaire se méfiait aussi de son supérieur, car les prises de position de Deschannel s'avéraient parfois contestables, voire délétères. C'était le genre d'homme qui accepte son rôle, son grade, et qui se laisse vivre avec douceur dans l'attente d'une prochaine promotion. Il avait bâti sa carrière sur l'assurance de toujours faire redescendre les ordres, et cela sans jamais faire remonter la moindre information, le tout avec une nonchalance presque déconcertante pour un esprit comme celui d'Axel.

Après de longues minutes d'attente, un nouveau valet les mena jusqu'au cabinet du ministre et les fit asseoir devant un splendide bureau en bois d'acajou. L'homme entra par une porte dérobée, des lunettes de piscine sur les yeux et vêtu d'un peignoir trop court pour parvenir à cacher ses rondeurs. Il s'installa face aux policiers et alluma la petite lampe à UV disposée devant lui.

— Bonjour mes amis, je n'ai que peu de temps à vous consacrer, alors allons droit au but, dit-il en rapprochant ses mains l'une de l'autre.

La lumière ultra-violette semblait distordre le visage du ministre. Les imperfections de sa peau se métamorphosaient en une série de cratères sur ses joues, et de scintillantes pellicules se révélaient sur son front partiellement dégarni.

L'homme enchaîna :

— Messieurs, vous faites du bon travail avec ces loups, et c'est dans cette optique que j'ai souhaité en toucher deux mots à la presse, vous l'aurez compris. Pourquoi me direz-vous ? Je vais vous confier un secret, dit-il en se penchant d'un air complice vers ses interlocuteurs. Bien entendu, cela reste entre nous, précisa-t-il en souriant.

Il patienta, faisant monter le suspense, et ajouta :

— Je suis l'homme providentiel que le pays attend…

— Sans aucun doute, dit Deschannel.

— Alors voilà, poursuivit le ministre, j'ai justement dans l'idée de me montrer présidentiable grâce à vos loups, et de me révéler le capitaine d'un intangible bateau dans la tourmente…

— C'est-à-dire ? demanda Axel méfiant.

— Ah, c'est certain, ce ne sont que quelques animaux sauvages ! Mais montez-moi un peu cette affaire en épingle ; laissez-les donc proliférer un temps ; et lorsque ce sujet deviendra un thème de campagne de premier plan, nous reprendrons la main.

Axel observa Deschannel qui notait sur son calepin « Laisser proliférer les loups » et se permit d'intervenir sous le regard étonné de son supérieur :

— Il me semble que cela sera difficile monsieur le ministre.

— Et pourquoi cela ? répliqua l'homme surpris.

— Parce que nous ne maîtrisons pas l'arrivée des loups, et…

Axel fut interrompu par une sonnerie de réveil. Le ministre éteignit alors sa lampe UV et retira ses lunettes. Au même instant, un nouveau serviteur — un peu spécial celui-ci — entra dans la pièce. C'était une jeune femme blonde dont les formes plantureuses se laissaient deviner à travers une blouse d'infirmière mal fermée. Le ministre se dévêtit de son peignoir avec empressement et s'allongea tout joyeux sur son bureau. La femme sortit tranquillement de sa poche une lotion qu'elle étala sur son dos avant de le masser. Il échappa un soupir de contentement et poursuivit :

— Donc, ces loups…

— Ils se propagent à vitesse exponentielle, dit Axel.

— Exponentiel, c'est le graphique qui ressemble à une bite molle ? demanda le ministre.

— C'est plus en forme de banane, précisa Deschannel.

— Ah, je préfère ça ! dit le ministre dans un rire lourd et gras.

Et alors que la masseuse descendait à présent sur le bas de son dos, il ajouta sèchement pour Axel :

— Je vous demande de faire en sorte qu'il y ait assez de loups pour que ça fasse peur, et que mi-décembre, il n'y en ait plus. C'est trop compliqué pour vous ?! Hou, ça chatouille ! conclut-il en jetant un regard complice à la jeune femme.

Deschannel nota sur son calepin : « Faire peur jusqu'à mi-décembre, pas après ».

Le ministre enchaîna :

— Je me charge de la presse. Nous avons tous à y gagner, et bien sûr, mon ami le lieutenant de louveterie m'a témoigné de son soutien.

— Mais vous devez savoir autre chose, poursuivit Axel. Il semblerait que ces animaux chassés depuis des semaines soient en fait des hommes.

— Que dites-vous là ? Restez censés… Hou, que ça chatouille ! gloussa-t-il à l'intention de la masseuse qui lui frictionnait l'aine.

Axel tenta de répliquer, mais une nouvelle sonnerie l'interrompit. La femme en blouse disparut presque aussi sec, et le ministre se leva pour renfiler son peignoir.

— Avec toutes mes responsabilités, ça fait du bien, dit-il. Messieurs, j'ai à faire, vous pouvez disposer.

D'un geste, il les congédia. Deschannel inscrivit sur son calepin qu'il pouvait disposer et suivit Axel qui, furieux, avait déjà quitté la pièce.

Avant de monter dans sa voiture, le commissaire divisionnaire tenta de tempérer son subalterne :

— Calmez-vous Némès, je vois le ministre demain au défilé automne-hiver des uniformes de la police. Je lui parlerai de votre théorie…

Axel était pourtant persuadé qu'il n'en ferait rien. Des paroles en guise de pommade, ni plus ni moins. Il ne savait ce qu'il haïssait le plus : la mollesse de Deschannel ou la bêtise du ministre. Il souhaitait voir Elvire, lui expliquer sa déconvenue, prendre le temps d'en discuter avec elle. Pourquoi ? Il aimait son étrange sourire, se dit-il. Il l'invita au restaurant par messagerie, elle accepta.

13.
Cynisme à l'Élysée

Les ministres étaient installés autour de la table du salon Murat. Si l'on eût pu s'attendre à du sérieux et à ce que chacun relise ses fiches ou échange avec des collègues pour améliorer la transversalité entre leurs silos de responsabilités, c'eût été mal les connaitre. Comme avant chaque Conseil du mercredi, tous chahutaient.

Aujourd'hui, avant l'arrivée du président, le ministre de la Guerre et des Paillettes avait décidé qu'ils joueraient à se battre. Accompagné des portefeuilles de la Santé et de l'Agriculture, il engageait une terrible bataille contre ceux qu'il appelait l'équipe des binoclards. Abrités derrière une table renversée et suivant les ordres d'un chef du gouvernement peu offensif, lesdits binoclards concentraient leurs efforts à la protection de leur intégrité physique. En sa position de *leader*, Armand sentait bien qu'il eût fallu motiver davantage ses troupes, mais il était tétanisé. Il claquait des dents à 200 bpm en compagnie des ministres du Budget, de l'Éducation et de la Communication.

La coalition militaro-pharmaceutique avait su imposer à son armée une organisation stricte et faire main basse sur les ressources. Le ministre de la Santé déchirait des pages de *paperboard* qu'il mâchait avec conviction, avant de les fourrer dans des sarbacanes qu'il transmettait à son collègue de l'Agriculture ; la mitraille de papier mouillé s'écrasait contre la façade de bois dans un crépitement redoutable. De son côté, le ministre de la Guerre hurlait des directives en agitant l'air de son stylo-plume chargé, projetant de l'encre qui claquait sur la table comme un fouet.

Les ministres de l'Ordre et celui des Transports se tenaient à l'écart du combat et considéraient la scène avec amusement.

Ils ne pouvaient se compromettre à ces enfantillages, sous prétexte qu'ils aspiraient à des fonctions plus nobles, au grand dam d'un ministre de la Guerre qui aurait voulu grossir ses rangs. Le militaire se décida pourtant, même en sous-effectif, à engager l'offensive finale. Il plia une feuille de papier qu'il transforma en avion pour le lancer en reconnaissance au-dessus des lignes ennemies. Le rapport détaillé des forces en présence fut sans appel : quatre ministres tremblaient, serrés les uns contre les autres. Tenter un encerclement lui parût la meilleure des tactiques, alors il divisa ses troupes : l'une sur son flanc droit, l'autre sur le gauche. Il avancerait dans l'axe. À l'aide d'élastiques et de bouts de papiers pliés en douze que lui fournissait un serviteur du palais, son armée gagna du terrain, harassant la table de ses projectiles.

Le ministre de l'Éducation observait la scène par une lorgnette vissée dans le meuble et ne cautionnait pas l'utilisation des valets de l'Élysée. Alors gonflé de courage, il se leva pour lancer une diatribe sur l'honneur et les codes de guerre, mais avant qu'il n'ait pu prononcer un mot, une gomme le frappa à la tête. Il s'écroula dans un silence mortel, sous le regard effaré des soldats de son camp. C'en était fini. Le chef du gouvernement admit sa défaite en agitant un drapeau blanc et accepta avec soulagement une reddition sans conditions. Il signa dans l'urgence le papier que lui tendait le ministre de la Guerre, d'autant plus qu'il allait être neuf heures et que le président arriverait sous peu.

Sur un claquement de doigts, des serviteurs à simple épaulette replacèrent les meubles et balayèrent le sol pour redonner une image respectable des lieux. D'autres valets évacuèrent la table mutilée sur un brancard pour en apporter une nouvelle. Le Premier ministre serra la main de son collègue assigné à la défense et le félicita pour ses compétences tactiques. Il lui promit même d'intercéder en sa faveur auprès du président afin qu'un conflit fût déclenché. Malheureusement, le chef de l'État était un pacifique depuis qu'il avait terminé la collection des vignettes *Panini* de la Grande Guerre. Il avait montré les images à son homologue allemand qui, n'ayant pas connaissance de cette période de l'histoire, s'était lancé dans la même collection. Par la suite, le président et le chancelier s'étaient échangé régulièrement les vignettes qu'ils avaient en double, renforçant par ce geste symbolique l'amitié franco-allemande.

Au cœur de ce chahut de 3e mi-temps, un bruit de pas se fit entendre. Cette démarche résonnait sur le carrelage du palais et était reconnaissable entre toutes : le président arrivait. Dans la précipitation, les valets glissèrent bouts de gomme et autres projectiles sous les tapis et les ministres regagnèrent leur place à la hâte.

Les portes du salon Murat s'ouvrirent sur un chef de l'État en pleine forme. Il avait opté pour un style décontracté, de type rap des années 90 ; c'était de bon augure. Il fit quelques pas chaloupés en tenant son baggy de la main droite et s'immobilisa à l'entrée de la pièce. Les serviteurs déposèrent la couronne de laurier sur son bob et l'hermine par-dessus son sweat *Versace*. Armé de son sceptre, il avança jusqu'à son trône sans même remarquer le désordre, les tapis gonflés ou les constellations de cartouches d'encre projetées au plafond. Il ne voyait que la nuque soumise de ses obligés, courbés en une belle révérence.

— Relevez-vous, mes impétrants ! entonna-t-il. Alors, quoi de neuf mon brave Sancho ? poursuivit-il en direction du Premier ministre.

À force d'être appelé Sancho et non Armand, celui-ci avait fait changer ses papiers au profit de son nouveau prénom, au grand dam de ses parents retraités en Haute-Marne.

— Euh, on pourrait parler de votre réélection, et surtout de votre programme, non ?

— Qu'est-ce que vous êtes conventionnel ! répondit le président. Si une élection se jouait sur un programme, ça se saurait.

Puis il rassembla ses mains et reprit avec malice :

— Mais je ne dis pas ça pour évacuer le sujet, car je sais affronter les épreuves. C'est d'ailleurs pour cela que les électeurs m'ont choisi. Et dans l'adversité, ils demandent des mesures fortes ! ajouta-t-il le doigt doctement levé. Une idée a donc germé dans mon esprit et un chemin clair m'est apparu. Nous allons baser ma campagne sur les jeudis tout nus !

Les ministres étaient sans voix devant un concept aussi abstrait. Sancho, loin de vouloir contrecarrer la brillante vision du président, se permit d'intervenir :

— Euh, c'est intéressant. Pourquoi le jeudi et pas le mercredi par exemple ?

— Vous souhaitez faire le Conseil des ministres à poil Sancho ? Vous êtes tout de même un étrange personnage…

L'assemblée s'esclaffa et le ministre, rouge de honte, bredouilla :

— Non, bien sûr. Mais pouvez-vous nous éclairer davantage sur votre pensée complexe ?

Le président soupira. Il se sentait parfois bien seul, incapable de se faire comprendre, incapable de communiquer l'interaction fulgurante de ses neurones en ébullition.

— Réfléchissez voyons ! Si nos concitoyens se baladent nus cet hiver, ils attraperont des fluxions de poitrine et l'hôpital public sera vite débordé, ce qui justifiera sa privatisation. En parallèle, les enseignants seront accusés puis incarcérés pour atteinte à la pudeur — à moins que ces petits vicieux de collégiens ne trouvent ça drôle… Bref, les jeudis tout nus, c'est moins de profs, et plus de prisonniers. Or, la population carcérale mixte, à poils et en manque de sexe, se mettra à copuler à tout-va, se transmettant au passage quelques maladies vénériennes mortelles.

— Et ?...

— En résumé, les jeudis tout nus, c'est moins d'enseignants, moins de prisonniers, plus d'hospitalisations, certes, mais désormais gérées par un secteur privé.

— Qu'il nous faudra subventionner ? se permit de demander le ministre de la Santé.

— Cela va sans dire, répliqua le président.

Le ministre de l'Agriculture — également maire du Cap d'Agde — intervint à son tour :

— Et pourquoi seulement les jeudis ?

— Pour maintenir l'économie textile à flot et pour pouvoir se différencier un peu les uns des autres par notre style, répondit le président en montrant la chaîne dorée qu'il portait autour du cou.

Les ministres s'inclinèrent devant la brillance de sa chaîne et de son esprit, avant d'applaudir à tout rompre. C'est alors qu'un bruit étrange vint se mêler aux vivats. Une sorte de grincement. Tous se figèrent et tressaillirent, car ils connaissaient ce bruit : le Secrétaire général de l'Élysée sortait de l'ombre, installé dans son fauteuil de fer aux roues mal huilées. Le visage glacé dans un éternel sourire sadique, l'homme observa avec amusement les mines apeurées des ministres. Tous savaient qu'il avait le pouvoir de briser une carrière politique en un claquement de doigts, et qu'il n'hésitait pas, s'il le fallait, à faire tomber quelques têtes au nom de la raison d'État.

Mais aujourd'hui, il n'était pas là pour ça. Ayant manœuvré son fauteuil de fer jusqu'au président, il glissa une langue fourchue dans son oreille pour lui susurrer :

— Votre idée est remarquable, mais la populace n'est pas prête à accueillir votre génie. Laissez-moi travailler à un programme adapté non pas à votre niveau intellectuel, mais à celui des masses…

— Si vous voulez, répondit le président en le congédiant dédaigneusement de la main.

Le Secrétaire général cligna ses yeux fendus et disparut dans un silence entrecoupé de crissements métalliques.

Vexé que son idée n'ait pas été retenue par l'administration, le chef de l'État décida de changer de sujet.

— Bon, sinon Armand, quoi de nouveau sur les affaires en cours ? demanda-t-il au Premier ministre.

Merde, il l'avait appelé Armand et non Sancho. Devait-il à nouveau modifier son prénom ? Ses parents ne s'en remettraient pas…

— Monsieur le président, dit le chef du gouvernement, nous devons également discuter de ces loups et autres bêtes sauvages.

— Oui, j'ai lu ça dans *Proche de l'Info*. Notre programme « biodiversité » fonctionne à ce que je vois, répondit-il tout sourire.

— Le nombre de cas est inquiétant et pourrait devenir problématique…

— Pas du tout, intervint le ministre de l'Ordre. Je gère parfaitement la situation.

— Combien d'animaux ont été recensés ? demanda le chef de l'État.

— 247, avoua le ministre concerné.

— Je vous conseille de les faire disparaitre au plus vite, conclut-il en jetant sur lui un regard glacé.

Puis le président se tourna vers son Secrétaire général et dit :

— Ça fait beaucoup, non ? Vous pensez que ça peut poser un quelconque souci pour ma réélection ?

La voix du SG résonna depuis le coin de la pièce demeuré dans l'ombre.

— Non, ils pourraient même devenir l'axe principal de votre campagne. Allouez quelques moyens supplémentaires à la sécurité des habitants, je me charge du reste.

— Accordé, répondit le président qui se tourna ensuite vers son ministre. Offrez donc une médaille ainsi que deux nouveaux chiens au lieutenant de louveterie. Et bien entendu, vous me tenez informé des évolutions de cette épidémie de bêtes sauvages, n'est-ce pas ?

— Oui, bredouilla-t-il.

Sur ces paroles, le chef de l'État marqua un long silence et observa le ministre qui dénouait sa cravate pour mieux respirer. L'homme avait le visage rouge ; il était mal à l'aise et se liquéfiait dans son costume. Le mot « épidémie » avait été lâché et il prenait conscience qu'il misait gros. Il repensa aux propos de ce Némès, petit commissaire d'arrondissement : « Il semblerait que ces animaux chassés depuis des semaines soient en fait des hommes ». Et si c'était vrai ? Était-il judicieux de cacher cette information au chef de l'État ? Probablement que non. Mais il avait l'occasion d'être président et ne comptait pas laisser passer sa chance.

14.
Un premier meurtre

Axel marchait de bon matin dans les rues de Paris. Il se rendait au commissariat, l'esprit préoccupé par cette affaire de bêtes sauvages. Que tout cela semblait absurde ! Peut-être plus encore que le monde qui l'entourait. Il avait la sensation d'enquêter dans les brumes d'une fable, où les loups apparaissent et disparaissent, laissant une empreinte de morale sur un sol boueux. Mais est-ce que ces animaux s'en iraient un jour comme ils étaient venus ? Une maxime pourrait-elle émerger de cette histoire abstraite ? Et quel était son rôle à lui dans ce conte aux pourtours nébuleux ? Peut-être bien celui du héros, se dit-il. Car oui, malgré son passé, Axel n'avait pas tremblé et s'arrogeait même une certaine fierté d'avoir su réagir à temps. Il n'avait pas ignoré la chose, à l'instar de ses homologues d'autres arrondissements. Il ne faisait pas l'autruche, comme Deschannel. Il ne s'encaquait pas dessus comme le lieutenant de louveterie. Il demeurait présent dans l'adversité, et sa rencontre avec Elvire y était sans doute pour quelque chose : sa rationalité, son calme, et surtout la flamme dans ses yeux, avaient réchauffé son esprit mort. Elle lui avait donné l'envie de se battre, au point qu'il éprouvait la sensation de frôler l'interdit.

À peine rendu au commissariat, Axel fut informé qu'une femme avait été assassinée dans le parc de Belleville ; il était attendu sur les lieux du crime. Conscient de l'urgence, il se jeta dans l'une des voitures de fonction autonome, à qui il se contenta de donner l'adresse. La bagnole sortit en trombe, tourna rue de Bagnolet et remonta la Bidassoa, avant de s'engager à contresens dans une multitude de petites artères. Axel vérifiait tout de même le trajet, car certains de ces véhicules s'avéraient parfois un peu trop autonomes. La semaine dernière, par exemple, l'un d'eux avait profité du fait que le commissaire s'assoupisse pour s'engager sur l'A13 en direction de Deauville ; et lorsque se réveillant il avait demandé des explications, la voix synthétique lui avait simplement répondu qu'elle rêvait de voir la mer ; il l'avait envoyée en révision.

Cette fois-ci, conformément aux ordres, le véhicule se gara rue Piat, sur les hauteurs du parc de Belleville. Axel sortit de la voiture et se réjouit de pouvoir admirer l'une des plus belles vues de Paris, à l'heure où le soleil clair et le soleil sombre se rencontrent dans le ciel et offrent de splendides couleurs sur la capitale. Au loin, tour Eiffel et tour Montparnasse se jugeaient en sœurs ennemies, fixes dans leurs positions, gardant la distance, mais unies par le fil invisible des zeppelins qui les reliaient quotidiennement par les airs.

Le commissaire reconnut deux de ses agents ; ils filtraient l'entrée du parc avec une passoire géante. Il les salua et se contorsionna pour s'introduire à travers les petits trous de l'ustensile de cuisine. Il contourna un bosquet, passa au pied de la halle civique et dévala les marches de la cascade d'agrément jusqu'au lieu du crime.

La brigade de la charogne était déjà présente. Toute vêtue de blanc, cette armée d'astronautes détonnait avec la végétation aux multiples teintes de vert, virant sur l'orangé en cette fin d'été. Dans la nature, le manque de couleur impressionne. De fait, rien d'autre n'était plus visible que cette bande de charognards qui s'affairait autour d'un corps inanimé.

Le brigadier Chenu se tenait en uniforme, à l'écart des astronautes. Accoudé à un muret, plié en deux, il vomissait. Mais à la vue de son supérieur, il tenta néanmoins de retrouver une prestance professionnelle. Maladroit, chancelant, il se redressa et essuya sa bouche du revers de la manche.

— Bonjour commissaire, c'est affreux, dit-il seulement, un ton de désespoir dans la voix.

Agacé par cette entrée en matière, Axel ne put s'empêcher de répondre :

— Reprenez-vous Chenu, et faites-moi un résumé de la situation.

— C'est affreux, put seulement répéter son subalterne.

Axel soupira. Il se sentait parfois coupable de ne pas se montrer plus compatissant avec son collègue, mais c'était au-dessus de ses forces.

La brigade de la charogne se démenait à faire parler le cadavre d'une vieille femme étendue sur le dos. Son relâchement serein contrastait avec les mutilations de son corps. Le nez était absent de son visage. La chair de sa mâchoire inférieure avait disparu au profit d'os rougis par le sang. L'un des bras avait été arraché, et une traînée de couleur brune remontait l'allée jusqu'au corps de la victime, d'où s'écoulait un liquide encore frais venu alimenter les rigoles du parc, comme l'aurait fait la dérivation d'un canal voué à nourrir la terre.

Axel eut un haut-le-cœur. Se sentant faillir, il fixa son regard sur le responsable des charognards.

— Bonjour capitaine, vous pouvez m'expliquer ce bordel ?

L'homme en question souriait. S'il ne pouvait décemment souhaiter un monde où la mort serait omniprésente, il fallait bien reconnaître que ce genre de cas le divertissait. Il répondit gaiement :

— La victime est une retraitée du quartier, madame Martin. Elle promenait son chien qu'on a laissé en bas de l'allée ; il a été bouffé.

— Bouffé ? tiqua Axel.

— Oui, bouffé. La femme, elle, n'a pas été entièrement dévorée. Seules les parties les plus charnues de son corps ont disparu. Vous voyez les traînées de sang, là sur l'allée ? ajouta-t-il.

— Oui, j'ai vu, dit Axel qui ne souhaitait pas regarder de nouveau.

— Eh bien, notre victime semble avoir été poursuivie, harcelée et mordue à plusieurs reprises jusqu'à ce qu'elle s'écroule.

— Mais harcelée et mordue par quoi ? demanda Axel.

— Bah, à votre avis ? répliqua le capitaine. Par des loups, bien sûr ! Cette technique de traque, c'est typique.

— Vous voulez dire qu'elle a été attaquée par une meute ?

Le capitaine charognard se contenta d'un geste affirmatif de la tête et Axel ressentit une lancinante douleur, comme une morsure dans la chair. Ses peurs étaient fondées : les loups se regroupaient et attaquaient au hasard. Un meurtre, c'était encore marginal, mais Axel devrait vite alerter et demander des moyens supplémentaires avant qu'il ne soit trop tard.

Il s'adressa au capitaine :

— Que comptez-vous faire du corps ?

— Bah, on a identifié la victime. Son mari est censé venir confirmer, et après, bah, l'enquête est terminée, alors…

— Vous allez faire disparaitre le corps ? demanda maladroitement Axel.

— Oui, nous allons le manger. Nous sommes là pour ça, non ? répondit l'homme en souriant.

Le capitaine était chaleureux. Pourtant, quelque chose en lui déplaisait à Axel. Il n'aurait su dire quoi. Son pragmatisme dénué de toute émotion ? Son zèle à effectuer une besogne détestable ? Oui, il ne comprenait pas cet homme qui semblait se divertir de la mort et se repaître des cadavres.

— Avant de faire disparaitre le corps, dit Axel, laissez-moi faire quelques prélèvements.

— Mais pourquoi ? répondit le charognard perplexe.

— Pour comprendre…

— Quelle drôle d'idée ! Euh, oui…, si vous voulez. Mais dépêchez-vous, les collègues ont la dalle.

— Je vais prendre quelques photos aussi.

— Ah, pour ça, ne vous inquiétez pas, on en a pris. La brigade du 19e va être super jalouse !

L'estomac lourd, Axel se tourna vers Chenu qui se fouillait le nez avec son arme de service. Son physique se révélait de plus en plus ingrat. Son front s'était aplati, ses broussailleuses bacchantes cachaient une partie de ses joues, et ses mains velues n'avaient guère plus d'ongles. Axel aurait dû s'inquiéter de sa métamorphose évidente, mais il ne put qu'ordonner avec autorité :

— Brigadier ! Sortez cette arme de votre nez, je vous prie.

L'homme s'exécuta.

— D'abord, pourquoi faites-vous cela ? renchérit-il.

— Pour voir si je peux atteindre mon cerveau, je crois…

— Quelle drôle d'idée, ironisa Axel. Et pourquoi ?

— Je ne sais plus, balbutia-t-il l'esprit confus.

C'est alors qu'on aperçut un vieil homme descendre l'allée centrale. Le mari, sans doute. Axel vint au-devant de lui et déclara :

— Monsieur Martin, je présume. Écoutez, le corps de votre femme n'est pas beau à voir.

— Quoi, elle est morte ?!

Le commissaire se tourna vers le capitaine de la charogne qui déclara :

— Je lui ai juste dit qu'on avait retrouvé sa femme… Ah ah ! Sacrée boulette, n'est-ce pas ?

Le brigadier s'agita, fiévreux, presque incapable de rester en place. Il avait ressorti son arme de service qui, fourrée dans son nez, persistait à rechercher son cerveau. Tout aussi mal à l'aise, Axel lâcha brusquement à monsieur Martin :

— Votre femme a été dévorée par des loups…

L'homme pâlit, ne répondit rien et rabattit son unique mèche de cheveux sur son crâne. Puis, les mains tremblantes, il se cacha les yeux et des larmes glissèrent lentement sur ses joues.

Axel sentit ses intestins se tordre et le brigadier enfonça l'entièreté du canon de l'arme dans sa narine droite. Mais monsieur Martin n'avait rien remarqué. Il ne cessait de pleurer, bafouillant entre deux sanglots un leitmotiv sans issue : « C'est terminé, ils ont gagné… »

Puis, il se redressa et releva la tête pour mieux jauger les hommes qui se tenaient face à lui ; il eut une moue de dépit. Sans une parole, il leur tourna le dos et marcha vers un bosquet jusqu'à se perdre dans la végétation ; personne ne le retint.

Après quelques secondes de silence, un bruit étrange parvint de derrière les fourrés : une longue plainte d'abord, puis des gémissements, et des couinements de chiots qui bien vite se muèrent en grognements. Monsieur Martin ravalait ses dernières larmes pour s'abandonner à la colère. Sa rage ne tarderait plus à éclore. Il entamait sa métamorphose.

15.
Le réveil du Grand méchant Loup

En ce 22 septembre 202…, l'œil luisant du Grand méchant Loup vint éclairer la pénombre de sa tanière. Il se réveillait à l'instant, satisfait de poser à nouveau son regard sur le monde. Aux premiers temps de l'humanité, il s'était inquiété que les hommes pussent un jour changer. Aujourd'hui, il ne s'en préoccupait plus et se contentait de se terrer à l'approche des premiers bourgeons. Il savait que l'automne reviendrait toquer à sa porte, comme pour le supplier de se réveiller, lui promettant son prochain sacre, celui de prince de l'hiver. Un hiver que le Grand méchant Loup espérait sans fin. Un hiver où même les flammes les plus ardentes s'éteindraient sous les bourrasques de pluie glacées.

Le cycle de la vie est ainsi fait. Quand la bêtise de l'Homme immobilise la sève des arbres les plus robustes, les feuilles rougissent de honte et se résignent à tapisser le sol de forêts aux branches dénudées. C'est à ce moment que le Grand méchant Loup réapparait, métamorphe, à travers les siècles et les âges, fardé de modernité et érudit des nouveaux us et coutumes.

Il ouvrit l'autre œil, achevant par ce geste d'illuminer sa tanière. L'expérience lui avait appris à ne pas se presser. Alors il étira tranquillement ses bras, tordant ses ligaments, mouvant chevilles et poignets. Il se frotta, se contorsionna, et dérouilla sa colonne vertébrale, jusqu'à en faire craquer les articulations de sa nuque. Le Grand méchant Loup s'éveillait parfaitement reposé, alerte, et déterminé à prendre le pouvoir.

Il s'assit sur son lit et prit soin de humer l'air. Il rit. Peu importe d'où venait le vent, ça sentait la poudre. Le combustible se répandait partout, dans l'attente d'une étincelle. Oui, le Grand méchant Loup avait cette faculté de flairer la colère des gens au cœur de la bise. Cet hiver s'avèrerait triste et assujetti à sa cause : la mort de l'âme, la mort de l'Homme, le règne de l'animal soumis à l'autorité et à la violence arbitraire, qui lui, le faisait se sentir en vie.

16.
On parle de loups à l'Éléphant bleu

Axel avait invité Elvire dans un restaurant thaïlandais du quartier de Bastille : le *Blue Elephant*. Une serveuse à la longue tunique rose l'avait escorté puis installé sur une table de la salle principale. Des bouquets aux tons orangés contrastaient avec une luxuriante végétation aux origines faussement tropicales. Depuis le parquet jusqu'aux chaises, tout était construit de bois ; et au cœur de cette paillote, une modeste cascade coulait à l'intérieur de la pièce. Axel n'aurait su dire si c'était à cause du bruit de l'eau, mais déjà, la bicoque semblait avoir jeté l'ancre pour l'emmener loin de ses soucis. Était-il sur un bateau, sur une île, ou dans une quelconque jungle de l'hémisphère sud ? Dès à présent, il voyageait. Le lieu se révélait charmant, presque intime. Peut-être trop, s'inquiéta Axel. Qu'en dirait Elvire ? « C'est un dîner professionnel », se remémora-t-il. Et il répéta plusieurs fois ce mantra pour être certain que des résidus d'injonction subsistent dans son cerveau.

C'est alors qu'il vit surgir Elvire, rayonnante, incroyable, belle. Et tandis qu'il laissait ces mots doux envahir son corps, ceux de « dîner professionnel » disparaissaient de sa tête. L'avait-il conviée pour parler des loups, ou justement pour ne plus y penser ?

Elvire s'installa et le remercia pour l'invitation. Axel remarqua qu'elle l'avait naturellement tutoyé ; il en fit donc de même. Sans doute étaient-ils plus proches qu'il ne le croyait, soudés dans l'adversité. Il débita quelques banalités sur le charme du lieu, sur les voyages et les rêves d'aventure. Elvire l'écouta avec courtoisie et profita d'un instant de silence pour entrer dans le vif du sujet :

Alors, tu as pu alerter ta hiérarchie ?

— Ils n'ont rien voulu entendre, répliqua Axel avec dépit.

— Du coup, rien ne change ? Ce boucher de lieutenant va poursuivre ses battues en sachant pertinemment que les loups qu'il abat étaient des hommes ?

— Tu sais, j'ai appris à connaitre ce lieutenant, et il est plus complexe qu'on ne pourrait le croire. Il m'a fait part de ses scrupules…

— Des scrupules ? répliqua Elvire estomaquée. Et de la honte, il en ressent de la honte ?! poursuivit-elle en haussant la voix.

Axel était toujours gêné lorsque des paroles s'élevaient au-dessus du brouhaha ambiant, et la réponse passionnée d'Elvire n'avait pas manqué de le mettre mal à l'aise. Fort heureusement, la serveuse à la tunique rose leur apporta les cartes ainsi que deux cocktails gingembre coco.

Peut-être avait-elle raison, se dit Axel. Ou peut-être n'avait-elle pas tous les éléments. Il trinqua à leur rencontre en ces temps compliqués. Elle répondit par l'un de ces sourires qui n'appartenaient qu'à elle. Puis, n'hésitant pas à rompre le charme du moment, il évoqua le meurtre du parc de Belleville. Mieux valait le faire avant l'arrivée des plats, s'était-il dit. Il suggéra le corps démembré perdu dans la végétation, il décrivit la brigade de la charogne en pleine action, et il parla longuement de monsieur Martin et de son énigmatique psaume « C'est terminé, ils ont gagné… ». Elvire écouta patiemment son récit et répliqua :

— Je ne dis pas qu'il ne faut rien faire, mais ce que tu appelles des loups, moi j'appelle ça des hommes. On ne doit pas les tuer…

— C'était des hommes, rectifia Axel. Et ni toi ni moi ne savons de quoi ces animaux sont capables.

Elvire fit une moue qui ne laissait pas de doute sur leur désaccord. Axel coupa court au débat :

— Et de ton côté, les recherches avancent ?

— Oui, répondit-elle. D'ailleurs, ton histoire vient corroborer nos hypothèses. Nous avons poursuivi l'analyse des échantillons. Et merci de m'en avoir fait parvenir de nouveau, ajouta-t-elle en souriant.

Elle glissa la main dans ses cheveux qu'elle sut remettre dans un parfait désordre.

— Je te passe les détails, dit-elle, mais nous avons procédé par étapes. Notre première intention était de chercher la cause des transformations. Et tiens-toi bien : aucun agent pathogène n'en est à l'origine, radioactivité, produits chimiques, virus. Rien !

— Mais alors ? demanda Axel suspendu à son récit.

— Si la cause n'est pas externe, elle est interne. Et c'est ça qui est fou ! dit-elle avec enthousiasme. C'est bien le corps qui choisit de se transformer.

— Et tu as une hypothèse sur l'origine des transformations ?

— Oui, sur la base de prélèvements sanguins, nous avons mesuré les taux d'alpha 1, d'apolipoprotéine C3, de cortisol…

Elle croisa le regard perdu d'Axel et comprit qu'un peu de vulgarisation ne serait pas inutile.

— Notre hypothèse est la suivante : sous le coup d'émotions trop fortes, trop intenses, ingérables, l'ADN du génome humain se casse, se ressoude, se modifie. En résumé, lorsque la colère se change en haine, lorsque la peur mute en terreur, et lorsque la tristesse devient désarroi, le renouvellement des cellules s'accélère et c'est ainsi qu'apparaissent les métamorphoses.

— Et tu es sûre de ça ?

— C'est une piste intéressante et prometteuse, mais on doit poursuivre nos recherches avant de publier quoi que ce soit.

— Le corps choisirait donc de se transformer pour ne plus penser et adoucir ses peines, c'est bien ça ?

— Oui, répondit Elvire. Mais attendons encore un peu avant d'aborder le sujet des émotions. Ça ne fait pas très scientifique.

Axel acquiesça au moment même où la serveuse disposait sur la table les plats qu'ils avaient commandés : une cassolette de fruits de mer pour lui et un curry jaune de scampi pour Elvire.

C'est alors que sans préambule, Axel lâcha :

— Pourquoi t'intéresses-tu tant aux loups ? Qu'est-ce qui fait que tu as choisi cette spécialité ?

Elvire se figea un instant avant de prendre une bouchée de scampi. Elle la mâcha lentement, puis répondit dans un sourire :

— Le loup est une facette de l'homme. Il est son ombre. J'aime ses contradictions, sa soumission au groupe, l'attachement à sa meute et son antinomique soif de liberté. Il est capable d'un amour démesuré. Sa volonté est sans comparaison. Il n'hésite pas à tout bousculer pour atteindre son but, et sa beauté n'a pour égale que sa voracité.

— Une bien charmante réplique, dit brusquement Axel. Souvent répétée, j'imagine.

Surprise, Elvire baissa légèrement la tête. Elle l'avait oublié, mais il était policier, et gratter les surfaces trop brillantes faisait sans doute partie de son métier.

— Qu'est-ce qui a déclenché ton intérêt pour cet animal ? poursuivit-il. Qu'est-ce qui fait qu'un jour, on s'intéresse aux loups ? Qu'un jour, on décide de les observer différemment ?

Était-ce un interrogatoire ? Les lèvres d'Elvire se pincèrent. Elle fixa ses yeux noisette dans ceux d'Axel et les éclats dorés qui illuminaient ses iris tentèrent de le cisailler. Il affronta toutefois pleinement ce regard venu éclairer son visage finement dessiné, un peu sauvage et ceint d'une crinière à l'harmonie chaotique.

— Tu vas me prendre pour une folle, finit-elle par confesser.

— Non, je veux savoir, répliqua Axel avec douceur. Ce n'est pas un interrogatoire, ajouta-t-il comme s'il avait compris.

Elle soupira et répondit comme on lâche un aveu :

— J'ai été élevée par une meute.

Axel avala une crevette de travers et reposa sa fourchette en toussant tandis qu'elle poursuivait :

— Une louve affamée errait au bord d'une rivière dans l'espoir de trouver de quoi manger. Interpellée par un bruit peu commun, elle découvrit un berceau accroché à une branche morte du torrent. C'était moi, petite bestiole rose et sans défense, qui ne pouvait s'empêcher de crier.

— N'a-t-elle pas songé à te dévorer ? demanda Axel.

— Peut-être, mais j'étais pour elle une curiosité sans nom. J'avais cette vanité humaine du nourrisson, celle de pleurer. Non pas pour signaler ma faim, non pas pour signaler ma peur. Je pleurais de frustration, désireuse de vivre pleinement, de me mouvoir et d'exister. Je clamais mon envie de liberté dans un monde hostile, où fragile comme je l'étais, mieux eût valu que je me taise.

Axel était sans voix, alors Elvire ajouta :

— Bien incapable de me comprendre, elle décida de me donner le sein.

Puis elle laissa planer un silence avant de conclure :

— Ce sont les hommes qui m'ont abandonnée, et ce sont ces bêtes sauvages qui m'ont élevée. Celles dont tu as si peur et que dépeignent si mal les fables. C'est sûr, mon enfance ne fut pas sans difficulté, pourtant, à sa manière, la meute a pris soin de moi.

Axel était perplexe. Mais après tout, ne déambulait-il pas lui-même dans un monde déconcertant où les machines ont des rêves et les éclipses de soleils sont quotidiennes ?

— Et pourquoi n'es-tu pas restée avec eux ? demanda-t-il.

— Je n'étais plus acceptée et devais faire un choix : me métamorphoser ou partir. Alors j'ai tout tenté, mais seules deux canines supplémentaires ont poussé dans ma bouche.

Tandis qu'Elvire avait entrouvert ses lèvres pour désigner du doigt ses quatre dents de la mâchoire supérieure, Axel prenait la mesure de ce sourire qui l'intriguait tant.

Mais elle l'interrompit dans ses pensées et poursuivit :

— Je n'ai pas réussi à me transformer et croyais jusqu'alors la chose impossible. Peut-être était-ce parce que je me sentais profondément humaine. Alors, sur pression de la horde, je me suis enfuie.

— Et tu ne les as jamais revus ?

— Non. Après mon départ, la meute se serait évaporée, évanouie sur des terres plus propices ou tout simplement chassée. Depuis, je m'intéresse aux loups, conclut Elvire.

Axel se sentait perdre pied dans la conversation. Il décida donc de changer de sujet.

— Et tu penses qu'un vaccin ou une sorte d'antidote pourrait permettre de se prémunir des transformations ? Voire de retransformer les animaux ?

— Tu me demandes s'il existe un vaccin pour accepter ses émotions négatives ? dit Elvire perplexe. Tu me demandes s'il existe un antidote pour adoucir la colère, la tristesse et la peur ? C'est bien ça ?

— Euh oui, répondit Axel qui doutait de cette question qu'il percevait pourtant comme purement rhétorique.

Elvire ne savait que penser de ce commissaire à la fois brillant et stupide, naïf et touchant, mais incapable de comprendre une émotion.

— On ne se prémunit pas des transformations en s'injectant un quelconque antidote dans une seringue, expliqua-t-elle. On ne se garde d'ailleurs pas soi-même des transformations. C'est dans son rapport à l'autre que tout se joue. Avec de la tolérance, de l'écoute, de l'amour, conclut-elle en plongeant son regard dans les yeux d'Axel.

Ce dernier mot prononcé par Elvire le fit tressaillir. Un mot qu'il avait souhaité accueillir, mais que son corps repoussait d'instinct. Et c'est à force d'acceptation et de rejet que son cœur se mit à battre plus fort. Complètement effaré par l'émotion qui le submergeait, il se rua sur le wok vide que la serveuse rapportait en cuisine. Il renversa les restes de nouilles sautés au porc sur le sol, et posa l'ustensile encore chaud sur sa poitrine. Elvire serait-elle dupe ? Non, elle pouvait entendre les battements effrayés qui tambourinaient sur le wok. Lentement, elle saisit la main d'Axel et l'aida à retirer la demi-sphère en métal posée sur son corps, laissant les palpitations s'échapper dans la pièce en une nuée de papillons. Puis elle se leva, et presque sur la pointe des pieds, elle plongea son regard dans le sien avant de l'embrasser avec tendresse.

Il sembla à Axel que c'était là son premier baiser. Personne ne l'avait jamais embrassé ainsi, que ce soit à Paris ou au Village.

17.
Pendant ce temps, au Village… (III)

Le maire du Village était à genoux sur le parquet du salon. Ses appartements de fonction étaient situés juste au-dessus de la salle municipale, et par un trou hasardement bien placé dans le plancher, il pouvait observer ses concitoyens s'installer. C'était jour de débat, et tous les habitants du village avaient abandonné pelles, pioches et faux pour venir se divertir à coups de démocratie locale.

Le notable s'enorgueillissait d'avoir réussi un tel exploit. Ah, ça ! Les grands pontes de Paris ou de Bruxelles, ça devait bien les faire chier, pensait-il. Ce qu'il ne savait pas c'est que les députés européens, à mille lieues de connaitre l'existence du Village, auraient à peine cligné des yeux en apprenant la nouvelle. Mais non, monsieur le maire était fier. Ces débats démocratiques, c'était son idée, et ça concurrençait largement les offices du Gourou, se disait-il.

Il enfila sa grande tunique pourpre, évita subtilement son regard dans la glace, et descendit rejoindre ses électeurs, fidèles depuis près de trente ans. Il traversa la salle municipale, serrant les paluches de ses concitoyens, et s'avança vers le ring de boxe. C'était là le dernier achat de la commune : une enceinte sombre autoportée aux cordes noires et blanches, d'où détonnaient les coins rouges et bleus des combattants. Une nouveauté qui ne manquait pas d'exciter les habitants.

Le notable prit place derrière une table et fit signe à l'employé de mairie de lui apporter quelques tartines. Puis, il réclama le silence avant de déclarer :

— Mes chers administrés, je suis votre obligé et dois me plier à l'exercice démocratique. Je suis ravi de voir que cette coutume que j'ai mise en place fonctionne, car vous êtes toujours aussi nombreux.

Les habitants, ne sachant que faire face au silence qui suivit cette déclaration, applaudirent mollement. Le maire poursuivit :

— Voici le sujet du jour : devons-nous autoriser ou interdire les pesticides dans notre village ? D'aucuns affirmeront que c'est là la base d'une agriculture moderne, d'autres que c'est la déliquescence de notre civilisation destructrice. Je vous prierais néanmoins d'écouter l'ensemble des arguments développés par le parti adverse afin de déboucher sur un compromis pragmatique qui saura satisfaire chacun.

Sur cette ronflante phrase dont il était particulièrement fier, il beurra quelques tartines que son employé de mairie avait disposées sur la table, les enfourna d'un trait, et déclara la bouche pleine que le débat pouvait commencer. Là, les hourras furent plus spontanés, et sous les applaudissements du public, deux villageois passèrent les cordes avant de se placer dans les coins combattants du ring.

Dans l'angle droit, avec le casque bleu, le fils Custéral s'échauffa en donnant quelques coups dans le vide. S'il approchait la cinquantaine, il n'en demeurait pas moins robuste et fier travailleur. Dans l'angle gauche, l'équipe rouge avait privilégié la fougue de la jeunesse en la personne de Tircis ; loin d'avoir des convictions, il voulait surtout se battre pour impressionner la belle Amarante, tant elle regorgeait de prétendants au village.

Le maire fit un vague signe de la main pour lancer les débats, et partit à la recherche d'un pot de confiture qu'il se rappelait avoir caché dans l'un des tiroirs de la table. C'est dans ce laps de temps que se déroula le combat. Tircis s'avança le premier et tenta un crochet du droit que Custéral sut éviter d'un simple mouvement de buste, pour enchaîner par un splendide uppercut qui assomma son adversaire. Et tandis que le représentant de l'équipe bleue levait les bras sous les applaudissements d'une partie du public, Fernand, passablement ivre, grimpa sur le ring et mit à son tour une baffe à Custéral. C'est à cet instant que tous les villageois se dirent qu'ils n'étaient pas contre participer à ce débat démocratique. Et dans une ambiance bon enfant, chacun se prit à frapper son voisin, avec une chaise, ou juste avec le poing, histoire de se défouler un peu.

Lorsque le maire releva la tête, satisfait d'avoir trouvé un reste de confiture de coings, il fut surpris de voir à quel point les choses avaient dégénéré en si peu de temps. Il étala rapidement la marmelade sur ses nouvelles tartines qu'il engloutit aussi sec, avant de déclarer :

— Bon, c'est le foutoir là ! Qui a gagné ?

— Les rouges ! dirent les partisans de Tircis.

— Les bleus ! protestèrent les compagnons de Custéral.

— On s'en tape, cria Le Ter.

Rompu à la difficulté d'animer avec impartialité ses débats démocratiques et toujours enclin à trouver des compromis, le maire annonça :

— Mes chers administrés, compte tenu des échanges houleux, dit-il en essuyant les miettes venues consteller sa tunique, je suis dans l'obligation de vous proposer la chose suivante : les pesticides pourront être répandus le mardi et le jeudi, ainsi que les samedis soir de lune montante. Est-ce que cela convient à tous ?

Mais personne n'écoutait vraiment, trop occupé à reparler de ce combat épique en se tapant amicalement sur l'épaule. De fait, aucun des villageois n'entendit le maire ajouter :

— Très bien, alors je rédige un arrêté en ce sens. Et peu importe ce qu'en dira la Préfecture, la démocratie locale, c'est moi !

Ayant terminé ses tartines et ne sachant plus que faire, il repoussa de ses grosses paluches tous ses concitoyens, engueula son employé de mairie, car la salle était sens dessus dessous, et quitta la pièce en faisant naviguer son ventre comme le ferait un empereur romain avec sa toge.

18.
De Bastille à République

Axel s'était réveillé en pleine forme. L'autre jour, Elvire l'avait embrassé, comme ça, d'un seul coup, faisant fi de la table qui les séparait. Il avait alors laissé battre son cœur au rythme souhaité pour mieux profiter de l'instant. Puis ils avaient simplement terminé la soirée à bavarder autour d'un *cheese-cake* à la mangue, tout en se caressant la main et en se souriant. Ils étaient restés tard, et à la fermeture du restaurant, s'en étaient rentrés, arpentant les artères de la capitale jusqu'à leur domicile. Ils s'étaient quittés par un tendre baiser à l'angle de la rue Alexandre Dumas et du boulevard de Charonne. Sur le chemin du retour, Axel avait repensé à l'histoire d'Elvire. Était-il seulement possible d'être élevé par des loups ? Quel crédit accorder à une telle fable lorsque l'on est déjà sous le charme de l'autre ? Il y avait longuement réfléchi et avait su se rassurer, se convaincre qu'Elvire n'avait parlé que par métaphore. Mais dans ce cas, qu'est-ce que cela pouvait bien signifier ?

Aujourd'hui, une manifestation était organisée place de la Bastille. L'assassinat du parc de Belleville avait fait du bruit dans la presse, et après avoir ignoré les métamorphosés, la populace comprenait enfin. Elle les avait passivement laissés proliférer. Et maintenant, qu'en était-il ? Ils vivaient parmi des loups. Axel se battait depuis des mois dans la plus grande indifférence, et aujourd'hui, il était appelé à défiler, faire corps sous une bannière commune, et laisser la place en tête de cortège à ceux qui ne l'avaient pas écouté. Il se sentait amer, convaincu que s'il avait été en position d'autorité, les événements auraient pris une autre tournure. C'est pourquoi la seule idée de manifester lui remuait l'estomac.

Mais Elvire l'avait contacté pour qu'ils s'y rendent ensemble, et souhaitant ardemment la revoir, il avait tout simplement dit « oui ». Depuis quelques jours déjà, elle embrumait son cerveau, présente, constante, en substitut de pommade sur ses tracas. Il saisissait pourtant son raisonnement avec peine. Si elle aimait tellement les loups, pourquoi choisissait-elle de se ranger du côté des hommes ? Elle lui avait répondu qu'un peu d'amour et de considération envers ces animaux sauvages était sans doute la seule solution, mais qu'il fallait être intransigeant avec tout comportement délétère, et que si une émotion s'avérait toujours légitime, l'action qui en découlait ne l'était pas forcément. Axel était un peu dubitatif. Il avait la sensation qu'Elvire maniait ce raisonnement en dehors de son habituel esprit cartésien, et que ce n'était qu'un discours, une position incapable à tenir, surtout pour elle.

Il se rendit à pied rue Auger et sonna à l'interphone de son domicile. Elle ne tarda pas à apparaître, au naturel et sans artifice, vêtue d'un sombre complet jean-baskets. Il l'embrassa au coin de la bouche et caressa sa joue. Elle glissa une main sous sa veste, le tenant par la taille, et c'est ainsi qu'ils avancèrent en direction de la manifestation. Les soleils étaient lumineux, le clair et le sombre. L'air était frais. Et c'est avec délice qu'ils se laissèrent porter par la rue de Montreuil qui descendait en pente douce vers la place. À l'approche de la rue du Faubourg-Saint-Antoine, leur progression se révéla plus complexe, car déjà la foule se rassemblait en direction de la Bastille. Au loin, ils discernaient les tambours qui rythmeraient le défilé.

C'est alors qu'un sifflement strident résonna dans le ciel, et tous les passants s'accroupirent, les mains se protégeant la tête. Un escadron de CRS les avait survolés, faisant vibrer les nuages grâce à leurs *rockets-fly*. Axel ne les appréciait guère, car ces hommes ne montraient pas la meilleure image de la police. Malgré tout, les CRS étaient officiellement ses collègues, et ça, Axel avait du mal à s'en convaincre. La formation qu'ils subissaient était d'ailleurs bien différente de celle qu'il avait reçue. Les aspirants étaient dénudés puis interrogés pendant trois jours. Ainsi lessivés, ils étaient jetés dans la grande machine à essorer les opinions, qui tournant des heures durant, finissait par rejeter dans une rigole un liquide aux reflets scintillants, particulièrement recherché par les artistes. Les CRS étaient alors extraits de la machine, puis reprogrammés pour les besoins de la nation. S'ensuivaient des opérations destinées à les augmenter : greffe d'un œil à vision nocturne, transplantation d'une liaison radio dans l'oreille interne… Et c'est ainsi paré de leurs armes et de leur uniforme rutilant qu'ils se révélaient exploitables, convaincus de faire régner l'ordre et la justice. Axel ne les aimait pas.

À l'approche de la colonne de Juillet, il se demanda ce que devenait le lieutenant. Sans doute paradait-il avec ses chiens dans son uniforme clinquant à l'avant du cortège. Il ne l'avait pas revu depuis la soirée au Palace Club, mais avait pris soin de l'appeler régulièrement pour lui faire part des récentes découvertes. L'homme avait paru paniqué et le commissaire avait promis de lui rendre visite prochainement.

Lorsqu'Axel et Elvire purent enfin atteindre la place, le cortège s'était déjà élancé sur le boulevard Beaumarchais, à l'entrée duquel les syndicats avaient disposé deux aveugles pour compter les manifestants. Mais tout se faisait à l'oreille, et il était bien complexe de différencier six unijambistes d'un vieux en déambulateur.

Main dans la main, le couple suivit la foule dans une ambiance détendue. Des enceintes louées à prix cassé avaient été disposées sur des semi-remorques et ne crachaient que les consonnes de quelques discours inaudibles. Des vendeurs à la sauvette slalomaient entre les manifestants avec leurs triporteurs et proposaient des services de restauration rapide. La populace semblait plus enjouée que jamais et entonnait en chœur : « Qui a peur du Grand méchant Loup ? C'est pas moi, c'est pas moi... » Des pancartes aux dessins humoristiques dépassaient de ce cortège flou aux couleurs de la nation. Quelques manifestants hurlaient : « Une battue pour ne pas être battus »… Oui, l'ambiance était sympathique. Mais que voulait cette masse de gens, cachée derrière ces maximes nébuleuses et faussement partisanes ?

Axel s'interrogea un peu au début, avant de se laisser porter par l'atmosphère en compagnie d'Elvire. Il la regarda longuement et lui fit un clin d'œil. C'était drôle et ringard ; elle lui sourit avec tendresse. L'un comme l'autre se sentait empli d'une chaleur sereine.

Mais alors qu'ils n'avaient avancé que d'une centaine de mètres, le cortège s'immobilisa. Les tambours, les enceintes et les chants cessèrent, laissant la place à des rumeurs, se glissant ici et là, au cœur de la foule : quelque chose d'anormal se passait en tête de cortège. Axel prit la main d'Elvire. De slaloms en bousculades, ils purent atteindre le point amont de la manifestation.

À l'avant du défilé se tenaient derrière une banderole des personnalités de haut-rang : le président, quelques politiques, mais aussi le lieutenant de louveterie, qui dans son costume flamboyant, semblait à la peine avec ses chiens. Ils aboyaient en direction de quelque chose. Là-bas, sur le boulevard désert, se tenait un coyote. Il ne bougeait guère et jappait indolemment sur la foule. Les manifestants en tête de cortège étaient prostrés ; devant eux se baladait un métamorphosé, chétif animal qui un jour avait été des leurs. Hasard ou inconscience l'avait amené à croiser leur route. Devait-on l'abattre ? Était-il toujours un homme ?

Le président fut le premier à se reprendre. Sur un claquement de doigts, il demanda au lieutenant d'intervenir. Le gros bonhomme était terrorisé, et c'est tremblant qu'il confia ses chiens au ministre de l'Éducation, peu enthousiaste à l'idée de garder les molosses. Le cow-boy tenta d'enjamber la banderole, mais il se prit les pieds dans une attache et s'écroula lamentablement sur le sol. Tant apeuré qu'humilié, il se releva avec précipitation et n'eût d'autre choix que de s'avancer vers le coyote.

Tout en progressant sur le boulevard abandonné, il dévissa discrètement une cartouche de 22 et en prisa la poudre avant de reprendre sa marche. C'est alors que l'animal se leva sur ses pattes arrière pour engager la discussion. Le lieutenant fut comme foudroyé sur place. Mais passé la surprise, il sembla lui répondre, parlementer, tenter des gestes d'apaisements. Bien sûr, depuis la tête du cortège, il était impossible de saisir une bribe de conversation. *Arrivaient-ils sincèrement à se comprendre ?*

L'échange dura plusieurs minutes et la foule décida de manifester son impatience en sifflant. Furieux, le président interpella le lieutenant et lui montra son pouce orienté vers le sol. *Commentait-il son action ou ordonnait-il une exécution ?* Acculé par ses fonctions, le cow-boy dégaina son revolver et le pointa sur l'animal. Dans un ultime espoir, il lui fit de grands gestes afin qu'il déguerpisse. Pourtant, le coyote ne daignait pas bouger. Le lieutenant reprit alors un peu de poudre à priser dans sa besace et caressa son nez. Puis il tendit à nouveau son bras tremblant et tira sans sommation dans le ventre de la bête ; elle s'écroula sur le sol. Après quelques secondes de silence, le colosse tomba à genoux et se mit à pleurer. Écœuré par un spectacle aussi navrant, le président hua le lieutenant et fut rapidement suivi par toute la nation.

Face à une telle gabegie, le cow-boy déchu se releva et tenta de soutenir le regard de la foule. Sauf que l'humiliation était trop grande. Le visage rouge de honte, il s'enfuit par la rue de Crussol. Le ministre de l'Éducation lâcha les molosses du lieutenant afin qu'ils le rejoignent, mais les chiens n'avancèrent que de quelques mètres en direction du cadavre du coyote.

Le président était furieux que son défilé soit gâché de la sorte. Il voulait rentrer à présent. Alors, on affréta spécialement trois hélicoptères qui se posèrent sur le boulevard. Toutes les hautes personnalités s'échappèrent par les airs, ne laissant que le *quidam* battre le pavé. La fête était finie.

Un escadron de CRS survola la foule et quelques protestataires leur firent des gestes obscènes ; il n'en fallut pas plus. Les hommes volants firent demi-tour et canardèrent le visage des rebelles avec des balles en caoutchouc. L'onde de choc se propagea bien vite et nombre de manifestants s'enfuirent. Les CRS firent alors un second passage pour larguer des gaz moutarde mi-forte sur les plus récalcitrants. Axel et Elvire purent s'échapper par la rue des Filles-du-Calvaire en toussant.

Quand le brouillard jaune se dissipa, le boulevard s'était vidé. Ne restait sur le bitume que le corps d'un coyote ensanglanté, dont les entrailles étaient présentement dévorées par les chiens du lieutenant demeurés sans maître.

19.
L'accident de zeppelin

Il était 18 h et monsieur Durand traversait le parvis de la gare Montparnasse. Il ne souhaitait pas rater le prochain zeppelin pour la tour Pleyel et accéléra donc le pas. Une bourrasque manqua de le renverser alors qu'il tentait de rejoindre la tour. Oui, ce lieu avait toujours été venteux, mais aujourd'hui, c'était un vent chaud, couleur sirocco, qui lui fouetta le visage et secoua ses vêtements. Quand donc cette température allait-elle baisser ? se dit-il. Comme agonisante, la chaleur de l'été revenait par soubresauts entre deux pluies automnales. Des gouttes de sueur coulaient le long de ses aisselles et la chemise cachée sous son blazer les tamponnait autant que possible. Ôter sa veste eût été la meilleure des solutions ; il ne pouvait pourtant s'y résoudre. Ce vêtement constituait une part de lui-même, imposé par la firme pour laquelle il travaillait. À ses débuts dans la boîte, monsieur Durand avait bien remarqué que la veste grattait et n'était pas adaptée aux jours de chaleur. Mais aujourd'hui, il se contentait de rouvrir de temps à autre le règlement de l'entreprise dans l'espoir d'y voir un quelconque changement. C'est sûr, se disait-il, tant que personne ne bousculerait l'ordre établi en débarquant au travail en tongs et sous-vêtements, le règlement n'évoluerait pas. Il aurait fallu un rebelle pour cela, et la boîte prenait grand soin de ne pas en embaucher. D'ailleurs, la rébellion, le refus de l'ordre établi, c'était une lutte quotidienne bien étrangère à la vie de monsieur Durand. Mais quelle était sa vie à lui ? Un charnier détestable, un combat ordinaire et sans armes. Il en voulait à la terre entière, aveuglément. À son supérieur, un abruti notoire dont la loyauté envers ses chefs était inversement proportionnelle à sa prise d'initiative. À des politiques, incapables de comprendre ce que lui pouvait bien vivre au quotidien. Et à tous ces anonymes, bien plus nombreux, qui l'entouraient, s'amassant comme des bêtes dans les zeppelins. Était-il si différent ? Bien sûr que non. Parfois, il se détestait.

Perdu dans ses pensées, monsieur Durand évita les rollers électriques qui déambulaient sur la place Raoul Dautry et atteignit sans dommages le pied de la tour Montparnasse. Il franchit les tourniquets de la compagnie de zeppelins et se colla à ses congénères à l'haleine fatiguée. Il espérait rejoindre au plus vite son carré de pâturage avant la nuit. Alors il joua des coudes, poussa, pua, bêla, et c'est dans cette ambiance moite et surpeuplée qu'il accéda finalement aux ascenseurs.

Le groom de la tour ouvrit les portes de la cabine au troupeau. Dans un souci de rentabilité, il s'assura que chaque espace libre serait bien occupé par un bras, une tête ou une jambe. Et pour cela, il n'hésita pas à tordre ses clients. Mais quand la sonnette du monte-charge retentit, le groom joua de sa matraque et repoussa les derniers prétendants au zeppelin. Il ferma ensuite les portes et la cabine s'envola à une vitesse telle que l'attraction terrestre n'hésita pas à comprimer les passagers vers le sol.

À côté de monsieur Durand, une femme, sans doute madame Bernard, bougonnait des choses inaudibles entre ses lèvres. En face, monsieur Dupont probablement, rappelait les règles de courtoisie en hurlant. Et c'est ainsi dans la douleur que l'ascenseur atteignit le dernier étage de la tour Montparnasse. Le groom rouvrit les portes, déplia les corps emmêlés, et les jeta sur le quai d'embarquement, si bien que monsieur Durand et ses comparses purent accéder à l'aéronef qui déjà vrombissait sur le *roof-top*.

Une fois les passagers installés, le zeppelin largua les amarres. Ses hélices latérales s'inclinèrent vers le ciel et le ballon s'éleva lentement. À quelques mètres au-dessus du tarmac, la poupe de l'appareil effectua une légère rotation pour mettre le cap sur les banlieues nord de la capitale. Mais tandis que l'aéronef entamait juste son ascension, les événements prirent une tournure inhabituelle. Le ballon commença par s'immobiliser dans le ciel. Puis il se torsada en son axe, désarticulant sa colonne vertébrale dans un grincement de métal. Depuis le parvis, quelques badauds levèrent la tête pour observer cette baudruche malmenée à plus de deux-cents mètres du sol. C'est alors qu'un claquement sec résonna dans l'air, et d'un seul coup, une flamme bleue apparut à l'avant du ballon. Elle semblait peser sur l'aéronef ; il commença à piquer du nez. Les pilotes réussirent à relever la proue du zeppelin dans une manœuvre désespérée. Mais c'est tout l'appareil qui perdit l'équilibre ; le feu se propagea jusqu'à la poupe, emportant avec lui les dernières réserves d'hydrogène.

Au pied de la tour, les badauds filmaient consciencieusement sans même s'interroger sur ce que pouvaient bien ressentir monsieur Durand, madame Bernard et monsieur Dupont. Les yeux fixés sur l'écran, ils s'émerveillaient de cette flamme qui prenait de l'ampleur à mesure que l'aéronef chutait.

Le zeppelin perdit ainsi de l'altitude, frôlant d'abord les étages supérieurs de la tour, avant d'accélérer sa descente. Il s'écrasa sur le parvis dans un puissant fracas. Le point d'impact avait enfoncé l'appareil dans la dalle de béton, et les résidus de toiles et de métal du ballon s'étaient pulvérisés au sol. Seule la nacelle, à demi enterrée, semblait intacte. Pourtant, un liquide rouge-brun se mit à suinter de toutes les jointures de l'habitacle. Et ce qui n'était d'abord qu'un filet de sang se mua en un torrent qui eût tôt fait de remplir le creux dans lequel la nacelle s'était réfugiée. Bien vite, elle flottait dans son trou, comme une sculpture d'art moderne dans une fontaine d'hémoglobines.

Les secouristes arrivèrent rapidement sur les lieux, et c'est avec énergie qu'ils défoncèrent la porte de la nacelle à coup de bélier. Mais à peine entrés dans l'antre morbide, ils en ressortirent hébétés ; il n'y avait plus rien à sauver ici-bas. Ce n'était qu'un amas de corps désarticulés, enchevêtrés pour l'éternité dans des positions absurdes. Une odeur calcinée, mêlée à celle de vomis cachés sous les montagnes de cadavres. Mais le plus étrange était qu'aucune de ces dépouilles ne paraissait humaine. Ce n'était que pelages ensanglantés, griffes sur pattes démembrées, poils et crinières déchirées. Un cimetière d'animaux sans trace de vie.

La brigade de la charogne apparut. Le visage radieux, les hommes arboraient leurs costumes d'astronautes immaculés et ne pouvaient s'empêcher de saluer les vidéastes amateurs. Ils pénétrèrent avec empressement dans la nacelle du zeppelin et y restèrent longtemps. Quelques heures plus tard, ils en ressortirent couverts de sang et étrangement écœurés. « Ça fait un peu trop à manger en une seule fois » avaient-ils déclaré confus ; ils reviendraient le lendemain.

La presse s'empara de l'événement. Les quelques images furent diffusées en boucle, imprégnant d'une marque indélébile les cerveaux les plus réticents. Avis des hautes autorités, témoignages, point de vue des *people*, tout y passa. Et comme pour clore un sujet déjà pressurisé, les médias accusèrent la compagnie Nord-Sud des zeppelins parisiens.

20.
Le Parti animaliste

Le Grand méchant Loup avait quitté sa tanière, satisfait de sa nouvelle apparence. Ses cheveux blancs étaient coupés court, presque autant que sa barbe délicatement taillée. Il avait opté pour des costumes aux couleurs automnales, se mariant à la perfection avec son teint pâle. À défaut de cravate, il avait privilégié la chemise dont le col entrouvert laissait apercevoir une fine chaîne d'or.

Il sortit ce matin-là, chaussé de ses bottines à boucles métalliques, pour se balader dans les jardins de sa propriété. Son château était parfaitement disposé sur les hauteurs de Paris et offrait une vue splendide.

Après sa promenade, il réclama une grenadine à l'eau qu'un serviteur porta jusqu'au hamac où il s'était installé. Les événements récents le comblaient de bonheur. Il captait les effluves dans l'air et riait comme un enfant. Il avait compris, et avant tous les autres. C'était sa force ! Il flairait la colère des petites gens et reniflait le désespoir de ceux qui n'avaient plus grand-chose à perdre : les futurs transformés, prêts à abandonner tout sens critique en échange d'un baume qu'on leur passerait sur le cœur. Le Grand méchant Loup souriait, jouant machinalement avec sa chevalière. Il réfléchissait à la manière la plus opportune de prendre le pouvoir. Oh, les vieilles recettes sont toujours les meilleures ! Trouver des responsables : les institutions, la science, les gens venus d'ailleurs... Imaginer des slogans simplistes et les ériger en dogmes. Créer des symboles, des chants martiaux, et construire un culte autour de sa personne, seule garante de l'autorité.

Mais là était le paradoxe : pour déstabiliser une démocratie, le mieux était encore de prendre le pouvoir par les urnes. Le

Grand méchant Loup était donc décidé à se présenter aux prochaines présidentielles. Il regrouperait sous une même bannière ces électeurs en colère, apeurés, tristes ou dépités ; ceux qui n'hésiteraient pas à se transformer pour espérer enfin une place de premier choix dans les rangs de sa nouvelle organisation : le Parti animaliste.

S'appuyer sur la détresse des oubliés était somme toute assez facile, et ça ne lui avait jamais causé plus de difficultés que ça. Non, seule une chose demeurait complexe : comment s'assurer le soutien des puissants ? De ceux qui font ou défont un homme d'un claquement de doigts ?

Le sourire du Grand méchant Loup s'élargit. Grâce à l'accident d'aéronef, bien entendu ! Il avait trouvé la parfaite étincelle pour son baril de poudre. Cet incident portait le discrédit sur le gouvernement et la firme des zeppelins Nord-Sud ; peu importe leurs responsabilités dans l'affaire. Il saurait convaincre la masse que l'ensemble du système de transports était à revoir et que de nouvelles infrastructures étaient à créer. L'élection du Grand méchant Loup, c'était une promesse d'argent public, ruisselant depuis les caisses de l'État jusqu'aux plus petites firmes. Les consortiums aux idées disruptives sauraient de quel côté se ranger. Un premier contact avait été pris avec Foster Kane, patron de *Proche de l'Info*, qui ne s'était pas montré totalement fermé à une entente. L'homme était aussi actionnaire majoritaire de *Bâtir l'Avenir*, une entreprise de travaux publics pour l'instant écartée des gros chantiers promis par le président. Or, Foster Kane désespérait de ne pouvoir construire son rêve insensé : un système de transports entièrement souterrain qu'il avait baptisé le Métropolitain. Le Grand méchant Loup trouvait cette idée bien saugrenue : pourquoi se priver des beautés du ciel pour se déplacer dans un dédale de tubes obscurs ?

Mais Paris vaut bien quelques concessions. Et c'est presque avec nostalgie qu'il observa les derniers aéronefs, naviguant au loin, s'échappant d'un soleil à l'autre pour imprimer leurs ombres silencieuses et poétiques sur les rues de la capitale.

Le vent se levait, emportant avec lui les odeurs de poudre qui faisaient tourner la tête du Grand méchant Loup. Il termina sa grenadine et s'extirpa de son hamac pour observer une fois encore la vallée de la Seine. Il discernait la fange parisienne, banlieusarde et l'imaginait identique dans les lointaines provinces qu'il ne connaissait pas. Cette fange où vivent les gens qu'il n'aurait aucun mal à séduire, envoûter, hypnotiser. La populace était saignante, bientôt elle serait à point.

21.
L'interview

Elvire avait longuement hésité avant d'accepter l'invitation de la chaîne télévisée *Proche de l'Info*. Ce type de média était bien loin de sa conception du journalisme, délaissant les sujets de fond pour s'attacher à l'accumulation de faits divers. Pour autant, il restait le plus regardé du pays. Alors quitte à faire part de ses recherches au plus grand nombre, elle avait accepté de faire cette concession. Nombre de personnes de premier plan racontaient tout et n'importe quoi sur les transformations : une épidémie, une peste brune, un châtiment divin que nous imposait l'Univers pour nos péchés… C'est ce qui l'avait convaincue de passer à l'écran ; et installée dans la loge du studio, elle se persuadait que son choix demeurait le bon.

Une maquilleuse s'affairait à transformer son visage, assombrissant son teint et relevant ses sourcils. Elle soigna aussi l'ombre de ses yeux et s'attacha à faire disparaitre ses fossettes. Tout en peaufinant son travail, elle approcha sa tête de la jeune femme. Son haleine était chaude et faisandée. Un léger duvet parcourait son cou et remontait jusque derrière son oreille pointue. Elvire fut prise d'inquiétude.

— Pourquoi me grimez-vous comme ça ? demanda-t-elle.
— Pour atténuer vos traits un peu trop humains, répondit la maquilleuse. Nous avons une audience très hétérogène et il est important que tous nos téléspectateurs s'y retrouvent.

La scientifique était sidérée.

— Vous vous rendez compte de ce que vous faites ?
— Parfaitement, c'est mon métier, dit-elle.
— Mais vous, personnellement ? Vous ne trouvez pas ça fou de modeler le visage des gens pour ne choquer personne ?
— J'en ai tellement vu, je n'en pense plus grand-chose…

Elvire regarda passer techniciens, intermittents, salariés, membres de la production ou du ménage. Nombre d'entre eux portaient un masque blanc, neutre, sans sourire, avec juste deux trous pour les yeux. C'était une nouvelle mode, semblait-il. Était-ce ça la solution ? Se cacher des autres, encore davantage, se fermer et ignorer le monde ?

Elle se leva brusquement avec la ferme intention de quitter le studio au plus vite, mais une femme au masque blanc vint se poster face à elle, un micro pendu à son oreille gauche.

— C'est à vous dans une minute.

— Euh, c'est à moi que vous vous adressez ? dit Elvire.

— Qui d'autre voyez-vous ? répliqua la voix derrière le masque. Oui, je l'installe à la prochaine coupure pub.

— Pardon ? demanda-t-elle à nouveau.

— Ce n'est pas à vous que je parle, répondit la femme.

Elvire pouvait encore partir, mais une envie viscérale la retenait : celle d'alerter, de prévenir, de remémorer les faits dans leur contexte pour exposer sa théorie. Elle chipa une lingette démaquillante, et tandis que le masque blanc l'emmenait en direction du studio, elle essuya frénétiquement son visage.

Le plateau télé était un lieu assez exigu. Les murs étaient bardés d'écrans et tous diffusaient les mêmes images. Une table triangulaire au design sobre et aux contours lisses était disposée au centre de la pièce. La lumière était éblouissante, dans des tons bleus et sombres, et ne manquait pas de générer une certaine angoisse. Elvire fut installée en vis-à-vis des deux journalistes vedettes. Le présentateur portait un costume orange avec un nœud papillon. Sa touffe de cheveux blonds ne couvrait pas entièrement ses grandes oreilles, et son sourire pétrifié ne laissait qu'entrevoir de longues incisives. Son acolyte semblait figée dans le temps, la bouche grande ouverte, à l'affût d'un mouvement du prompteur. Elle portait un tailleur rose bonbon, et quelques cheveux grisonnants dépassaient de son haut-de-forme assorti.

Un homme s'approcha de l'oreille d'Elvire et cria :

« Antenne dans 5… 4… 3… 2… »

Elvire attendait le 1, mais il ne venait pas. *Que l'on ne prononce pas le 0, d'accord, car quand il est, il n'est plus. Mais pourquoi pas le 1 ?*

Loin de ces considérations, le présentateur entama son *speech*, jetant quelques brèves de son sourire figé, tandis que défilait un kaléidoscope d'images sur les murs. Quand il en vint à parler des loups, il annonça la présence d'Elvire : « grande connaisseuse, scientifique hors pair, et sans doute sauveuse de l'humanité ». S'ensuivit un enchaînement de courbettes qui le firent entièrement disparaître sous la table, à l'exception de ses longues oreilles. Sa comparse prit alors le relai dans un registre moins ronflant :

— Nous recevons donc aujourd'hui Elvire Clary, spécialiste des loups au Muséum d'Histoire Naturelle, venue nous parler d'un vaccin pour éradiquer cette épidémie.

Un peu déstabilisée, Elvire répondit calmement :

— Je suis effectivement chercheuse au Muséum d'Histoire Naturelle, spécialiste de la faune sauvage. Mais je n'ai pas de vaccin à…

— Blablabla, la coupa le présentateur revenu de dessous la table. Ici, nous ne faisons pas de la langue de bois. Quelle est votre solution face à cette épidémie grandissante ?

— Aujourd'hui, nous cherchons encore à déterminer avec précision l'origine de ces mutations. Mais il est vrai que…

— Pensez-vous que nous aurions dû inviter un trouveur plutôt qu'un chercheur ? l'interrompit la femme au chapeau.

— Mais, ce métier n'existe pas !

— Il serait temps de l'inventer, répliqua le journaliste. De le trouver, j'ai envie de dire !

Il partit dans un fou rire qu'il communiqua à sa comparse. Ne pouvant poursuivre l'interview, il fit signe de lancer la publicité. Une voix hurla « Hors antenne ! », et le présentateur replongea le nez dans ses fiches, alors que sa consœur s'immobilisait en même temps que le prompteur. Elvire était déroutée.

La pause fut de courte durée : « Antenne dans 5... 4... » et cette fois-ci, Elvire ne comptait pas se laisser distraire par le manque de 1 ou de 0. La présentatrice annonça :

— Nous sommes toujours en direct avec Elvire Clary, chercheuse au MNHN, sur le virus et sa provenance.

— Ce n'est pas un virus !

— Pardon ? répliqua la journaliste.

— Je vous dis que contrairement aux croyances, nous n'avons pas affaire à un virus.

— Il me semble bien que vous disiez n'importe quoi, lui rétorqua l'homme au nœud papillon.

La présentatrice enchaîna :

— Oui, je vous trouve bien prétentieuse jeune fille. Les personnalités les plus en vue parlent de virus. Si vous souhaitez créer le *buzz*, ce n'est pas à cette antenne que vous le ferez ; c'est une chaîne d'information sérieuse ici !

— Ce que je veux dire…

Le journaliste les interrompit :

— Attendez Elvire, priorité au direct ! Un ours aurait attaqué un homme dans un supermarché du 11e arrondissement. Une de nos équipes s'est rendue sur place.

Un reporter apparut à l'écran. Micro à la main devant l'enseigne d'une supérette, il déclara avec emphase :

— Nous ne savons pas grand-chose pour le moment. Un ours aurait mordu la cuisse d'une personne âgée pour avoir le dernier paquet de *Miel Pop's* du rayon « petit déjeuner ». Heureusement, la victime n'est pas en danger de mort. C'est incompréhensible, c'est la stupeur ici ! Nous allons tenter de pénétrer dans le supermarché pour en savoir plus.

— Merci Jérémy. Rappelez-nous dès que vous avez de nouvelles informations, priorité au direct !

Le présentateur s'adressa à Elvire d'un ton moqueur :

— Alors, un ours dans un supermarché, ça vous semble normal ? Vous continuez d'affirmer qu'aucun virus n'est responsable des métamorphoses ? Répondez, les gens veulent savoir.

— Si, bien sûr qu'il y a eu mutation, mais sans agent extérieur, c'est une première. Il n'y a pas de virus. Les mutations apparaissent sous le coup d'émotions trop…

La femme l'interrompit à nouveau :

— Désolé Elvire, priorité au direct. Jérémy, vous avez pu pénétrer sur le lieu du drame et vous êtes avec l'une des caissières du supermarché.

— Oui, tout à fait, répondit Jérémy. Je suis avec Mireille qui a tout vu depuis sa caisse.

La caméra se braqua sur une femme un peu ronde qui tenta vainement de se recoiffer avant de déclarer timidement :

— Bah, en fait, j'ai pas vu grand-chose. Ça s'est passé au rayon « petit déjeuner » et depuis ma caisse, je ne le vois pas…

— Donc, l'agression se serait voulue discrète ? enchaîna Jérémy. À l'abri des regards ?

— Probablement…

— Vous êtes sous le choc ?

— Oui, je suis sous le choc…

La présentatrice reprit la parole :

— Merci Jérémy, pour ce témoignage émouvant. Comme toujours, vous avez su vous placer au cœur de l'information.

Puis son collègue conclut :

— Le journal touche à sa fin, merci de l'avoir suivi. Remercions Elvire Clary venue nous parler de sa théorie farfelue : aucun virus ne serait à l'origine des mutations.

Elvire était décontenancée par tant de bêtises, et dans un ultime espoir, elle lâcha en colère :

— Ce n'est pas un virus, et vous ne trouverez jamais de vaccin !

— C'est ça l'information : partager une pluralité de points de vue, enchaîna la présentatrice. Merci de nous avoir exposé le vôtre, aussi peu crédible soit-il. Maintenant une page de pub avant le rappel des titres.

« Hors-antenne ! » cria la voix dans le noir.

— Qu'est-ce que c'était que ça ? demanda Elvire dépitée.

— S'il vous plaît madame, répondit le journaliste. Laissez l'information aux professionnels et retournez — l'homme hésita — chercher dans votre laboratoire.

Elvire était ulcérée, furieuse, mais se sentait aussi coupable. Avait-elle été promenée par son ego ? Celui-là même qui l'avait convaincu qu'elle réussirait à faire entendre une parole censée au cœur de ce bouge médiatique ? Elle quitta le plateau sans un mot ni un regard. Une part d'elle-même souhaitait se réfugier dans les bras d'Axel ; l'autre voulait rester seule.

22.
Convocation express

Le ministre de l'Ordre et des Surprises-parties attendait depuis une demi-heure dans l'antichambre du bureau du Secrétaire général de l'Élysée. Sa nuque le faisait atrocement souffrir et il aurait bien eu besoin d'un massage. Il se sentait fiévreux ; il avait peur. D'autant plus qu'être convoqué par l'homme à la charrette ne présageait rien de bon. Pour patienter, il avait approché son visage de l'un des nombreux miroirs, et retirait à la pince à épiler les quelques poils qui dépassaient de son nez, de ses oreilles et de son cou. Il tentait de se remémorer l'ensemble des événements qui l'avaient mené jusque-là. Il avait probablement eu de l'instinct lorsqu'il avait eu l'idée de s'appuyer sur la présence des loups pour gagner la faveur de ses futurs électeurs. Alors qu'avait-il raté ? Son grand ami Foster Kane, lui, avait senti le vent tourner et l'avait vite lâché. Il avait révélé dans la presse que les animaux étaient des hommes métamorphosés et sa chaîne d'information diffusait en boucle depuis des semaines la débâcle de Bastille et l'accident de zeppelin. Et si jusqu'à présent il n'avait été directement cité, le ministre avait conscience que les dernières plaies tombées sur Paris, la gestion des animaux, l'incompétence du lieutenant de louveterie ou l'attaque rangée des CRS lors de la manifestation, relevaient de ses prérogatives. *Pourquoi ne s'était-il pas contenté du secrétariat aux Surprises-parties ?*

Désormais, son avenir politique lui paraissait bien compromis, et plus il tournait cette histoire dans sa tête, plus ses genoux tremblaient l'un contre l'autre. Et tandis qu'il jouait des maracas avec ses rotules, un valet à simple épaulette s'avança dans la pièce et ouvrit la porte du bureau du SG. Il fit signe au ministre d'entrer, et à son passage, non seulement le serviteur ne se courba pas, mais il lui mit un magistral coup de pied au cul qui le projeta sur la table derrière laquelle se tenait le Secrétaire général de l'Élysée.

L'homme à l'éternel sourire réajusta son fauteuil dans un grincement et invita le ministre à s'asseoir.

— Le président ne décolère pas, entama-t-il.

— Et pourquoi cela ? feignit nonchalamment de répondre le ministre alors qu'il blêmissait à vue d'œil.

Le SG sourit encore davantage, de l'un de ces rictus sadiques qu'ont les enfants qui affirment leur toute-puissance en coupant les pattes d'une sauterelle.

— Vous avez tenté de le doubler… Et d'une manière tellement grossière, c'est pathétique !

Le ministre ne prit pas la peine de se justifier et le Secrétaire général continua :

— Croyez-vous sincèrement que l'on accède à ce niveau de responsabilités sans l'appui d'un réseau, d'agents relais destinés à court-circuiter les systèmes hiérarchiques ? Vous pensiez vraiment que votre petit plan minable allait fonctionner ?

— Depuis quand savez-vous pour les métamorphoses ? s'inquiéta le ministre.

— Depuis le début, voyons ! Vous nous prenez pour des idiots ?!

— Mais alors, pourquoi n'avez-vous rien fait ? Pourquoi m'avez-vous laissé ?…

Le ministre n'osa prononcer la phrase qui le trahirait définitivement, bien qu'il semblât que le doute n'était plus permis.

— Le temps politique, mon cher ami ! L'essentiel n'est pas d'avoir les meilleures cartes en main, mais de savoir quand les jouer. Nous devions écarter les rivaux du président au sein même du parti et c'est désormais chose faite. Le plus amusant, c'est que vous vous êtes crashé en plein vol sans que nous ayons eu à nous salir les mains.

Le ministre se sentait humilié et ne se laisserait pas ridiculiser de la sorte pendant des heures. Dans un sursaut d'orgueil, il releva la tête et déclara :

— Si c'est ma démission que vous souhaitez, elle sera sur votre bureau dans la journée.

— Votre démission ? répliqua le SG. Vous plaisantez, j'espère ?!

Il partit dans un fou rire de plus en plus puissant, se tenant les côtes sous le regard médusé du ministre. Entre deux spasmes, il put seulement ajouter :

— Le président était tellement furieux qu'il a rédigé un décret rétablissant l'usage de la guillotine.

L'homme pâlit et caressa son cou. Oui, il n'avait jamais eu tant besoin d'un massage.

— Ne vous inquiétez pas, poursuivit le SG alors qu'il recouvrait son calme. J'ai réussi à le convaincre que vous nous seriez désormais d'une complète loyauté. Ai-je eu raison ?

— Oui, oui, balbutia le ministre.

— Bien, en conséquence, vous allez faire ce que je vous dis. Et ne jouez pas au con ! Votre tête ne tient qu'à un fil.

Il observa froidement le ministre et ajouta : « Je tiens ce fil ».

L'homme courba la nuque en guise de réponse et le SG poursuivit :

— Pour commencer, vous me virez ce grotesque lieutenant de louveterie et vous m'en mettez un qui assure. Son rôle sera d'abattre les animaux qui refuseront de porter un masque.

— Un masque ?

— Oui, d'ici peu, tous les transformés devront porter un masque.

L'homme acquiesça sans broncher.

— Deuxièmement, vous n'êtes plus ministre de l'Ordre et des Surprises-parties. Après la débâcle de Bastille, vous devenez le ministre de l'Ordre, des Contre-ordres et des Girouettes.

— Et si je refuse ? demanda son interlocuteur qui ne souhaitait vraiment pas se faire appeler ainsi.

— Mes amis de la presse sauront vous décrédibiliser encore davantage avant que vous ne passiez sur le billot, répondit le SG en souriant.

Le ministre se caressa la nuque une nouvelle fois. Elle était velue, rêche et un peu moite. Il poursuivit l'inspection de son corps en frôlant le duvet de son cou et prenait lentement conscience qu'un choix s'imposait à lui : il ne s'agissait plus d'être président, mais de sauver sa peau. Alors il courba l'échine et se mit à genoux en signe d'allégeance. Le Secrétaire général fit grincer sa charrette de la mort en contournant la table, et posa une main sur la tête du ministre. Puis, il l'aida à se relever et, d'un geste, le congédia de son bureau.

23.
Morsures dans la chair

Elvire tentait d'analyser les derniers résultats transmis par le laboratoire de génétique. Mais elle peinait à se concentrer, les yeux par la fenêtre, à observer le va-et-vient des chercheurs au sein du Muséum. Dépitée par son interview manquée, elle s'était finalement blottie dans les bras d'Axel ; elle ne s'en était sentie que plus triste. Il ne l'avait pas écoutée, préférant parler de ses collègues dépassés ou de sa hiérarchie opportuniste. Lui-même était sans doute las, épuisé, les nerfs à fleur de peau.

Lorsqu'elle avait dit travailler sur la possibilité de retransformer les bêtes en hommes, il n'y avait guère montré d'intérêt, partageant vaguement son point de vue, alors même que tout son corps semblait prompt à la révolte. Un corps étrange qu'elle avait découvert, une chair constellée de cicatrices et morsures dont l'origine remontait à son enfance au Village. Un âge tendre dont il affirmait ne plus avoir le moindre souvenir, mais que ses cellules avaient gardé en mémoire. Car lorsqu'elle évoquait les émotions ou les loups, les balafres d'Axel semblaient s'écarter, suppurer à nouveau, et il peinait à cacher sa douleur derrière des rires abstraits. Elle hésitait parfois à passer la main sur ces cicatrices, mais s'en sentait incapable, effrayée à l'idée de l'aimer, la peur collée à la chair d'être à nouveau abandonnée au bord de la rivière. Non, elle ne guérirait pas ses blessures, tout comme il ne soignerait jamais les siennes. Sans doute lui en parlerait-elle à l'occasion, si elle s'en sentait le courage…

Son cerveau s'emballait ; elle en prenait conscience. Alors Elvire cessa de l'alimenter avec les réminiscences de son passé, pour se concentrer sur ses travaux présents. Ne plus penser à Axel, se dit-elle, rien qu'un instant. Ne pas se fondre en lui pour ne pas s'oublier et poursuivre son but : faire entendre la voix de la raison dans ce monde absurde.

24.
Houle au députodrome

Les effectifs de l'hémicycle du députodrome étaient au complet, et c'était bien la première fois que tous venaient depuis leur dernière investiture. De toutes les provinces, les députés avaient fait le voyage, un fromage de leur circonscription sous le bras et un bout de saucisse d'appellation protégée dans les poches. Les débats du députodrome étaient filmés et il eut été dommage de se priver d'une telle tribune à l'approche des élections à venir. Après quatre années à jouer la même pièce de théâtre sans fin, comment ne pas se réjouir d'avoir enfin un public ? Le dossier des transformés inondait les quotidiens et tournait en boucle dans la presse télévisée. Bien peu de journalistes apportaient des éléments concrets sur ce qu'ils qualifiaient d'épidémie, mais qu'importe. Les experts autoproclamés y allaient de leur avis, et embarquaient la masse dans un tourbillon de suppositions bien plus excitant qu'une vérité froide.

C'est dans cette ambiance collective survoltée que les députés se bousculaient pour prendre place dans un chahut de rentrée des classes. Quant à l'inamovible président du députodrome, déjà installé dans son large fauteuil de l'estrade centrale, il s'empiffrait d'écrevisses fourrées à la chair d'ortolan. C'est vrai, le règlement intérieur stipulait clairement que les nourritures et boissons étaient proscrites au sein de l'hémicycle, mais pour lui, cacher quelques réserves dans son pupitre était toléré. En proie à des crises d'hypoglycémie, il pouvait vite devenir irascible.

Lorsque tous furent assis, le président enfourna la dernière écrevisse, essuya sa bouche sur son écharpe tricolore et prit son marteau afin de le frapper contre une enclume qui marquerait le début des débats. Malheureusement, ses mains souillées de graisse de crustacés échappèrent l'outil qui tomba de l'estrade, assommant l'un des serviteurs du députodrome. Un valet de secours ramassa le maillet, l'essuya, lava les mains du président dans une vasque, et lui rendit afin qu'il pût frapper l'enclume. Puis, le gros bonhomme annonça le projet de loi qui ferait l'objet des débats du jour : la prescription du port du masque pour les personnes transformées ou en cours de transformation. La séance serait longue, et nombre d'amendements visaient à préciser le seuil de la définition d'un métamorphosé : quelle pilosité, quelle dentition, quelle consommation de viande journalière ?...

Le ministre de la Communication et des Apparences s'exprima le premier, car c'est lui qui portait au nom du gouvernement le projet de « Loi d'Obligation Uchronique de Port du masque », la loi LOUP. L'homme retirait une certaine fierté d'avoir trouvé cet acronyme qui, à défaut de signifier quelque chose, marquerait sans aucun doute les esprits. Il se lança dans un discours grandiloquent, mais bien peu audible à cause du brouhaha ambiant que les députés de tous bords confondus ne pouvaient s'empêcher de créer. Après tout, c'était l'usage. C'est alors que les nouveaux membres du Parti animaliste profitèrent de l'habituel désordre pour effectuer un lâcher de volailles dans l'hémicycle. Une quinzaine de poules paniquées se mirent à circuler dans les rangs, cherchant instinctivement à s'éloigner des bancs du Parti des chasseurs, dont les députés étaient bien malheureux de ne pouvoir assouvir leur passion dans l'enceinte du députodrome. Les membres du Parti animaliste scandèrent à plusieurs reprises « Laissons proliférer les transformés ! », tandis que le ministre de la Communication et des Apparences se roulait sur le sol en tapant des poings, furieux que l'on n'ait pas écouté son discours jusqu'au bout. Il hurlait que puisque c'était comme ça, il les tuerait tous et qu'il se tuerait après, parce qu'ils avaient été trop méchants.

Le président aurait sans doute dû intervenir et faire résonner son marteau sur l'enclume pour remettre un peu d'ordre, mais il était préoccupé par un problème de toute autre importance. Quelques gallinacés s'étaient approchés de lui, attirés par les réserves de nourriture cachées dans son pupitre. Encerclé, mais bien décidé à se battre, le chef du députodrome faisait tourner son marteau dans le vide pour dissuader les velléités de ces volailles à l'estomac creux. Cette fois encore, ce sont les sous-fifres qui réussirent à gérer l'incident. L'un d'eux chipa discrètement un reste de *crumble* aux baies d'Hawaï dans les réserves du président, et les disposa adroitement en direction de la sortie. Les poules le suivirent docilement, picorant ainsi jusqu'à une porte latérale qui se referma après leur passage. L'hémicycle était libéré de ses éléments perturbateurs. Mais lorsque le président prit conscience que son garde-manger avait été dépouillé, il entra dans une rage démentielle et n'eut plus que pour seul objectif de fracasser son marteau sur la tête du misérable valet aux prises d'initiatives délétères. Fort heureusement pour celui-ci, une crise d'hypoglycémie frappa de plein fouet le chef du députodrome et l'empêcha d'accomplir son forfait. Deux serviteurs s'empressèrent alors de lui apporter des chouquettes qu'il engouffra d'un trait afin de reprendre des couleurs.

Les députés du Parti animaliste étaient fiers de leur effet qui ne manquerait pas d'être relayé dans la presse. Mais maintenant ils se taisaient, car à l'instar de leurs comparses d'autres bords politiques, ils ne se sentaient guère concernés par cette histoire de transformations. D'ailleurs, aussi étrange que cela puisse paraître, aucun membre du députodrome ne semblait encore avoir entamé sa métamorphose, même ceux qui en réclamaient le droit.

Le débat se poursuivit toute la matinée dans un calme relatif. Les députés prononçaient des discours inaudibles, systématiquement hués par les parties adverses, et quelques jongleurs et cracheurs de feu vinrent agrémenter le spectacle et divertir les convives. À l'approche de midi, le président décida de clore les discussions, sous prétexte qu'il ne voulait pas rater le plat du jour à la cantine : un baba ganoush de myrtilles à la rascasse, accompagné de ses pommes de terre vapeur. Et avant cela, les députés devraient encore voter pour augmenter de 15 % leurs émoluments, car en cette stressante période de crise, tous s'étaient mis à manger davantage, et quelqu'un devrait bien payer.

Alors il jeta les amendements à la poubelle et promulgua la loi LOUP qui se résumait en trois articles :

— Art.1 : Tout transformé ou personne en cours de métamorphose avancée devra porter un masque sous peine de se voir être abattu.

— Art. 2 : Afin de ne pas stigmatiser les animaux, les hommes ont également la possibilité de porter des masques s'ils le souhaitent.

— Art. 3 : Dans un souci de préservation des libertés, chaque citoyen est autorisé à décorer son masque comme il l'entend.

C'est ainsi qu'en quelques jours, les rues de la capitale s'emplirent de déguisements aux couleurs chatoyantes, faits de plumes ou de poils, arborant des sourires fantasques ou des mines attristées. Tous se cachaient à présent derrière une façade, ne dévoilant nul moi profond, celui de la bête qui sommeille ou de l'homme apeuré.

25.
Barricade à Bastille

En ce mardi après-midi, une hyène avait été aperçue sur le secteur d'Axel, grognant sur les passants de la rue des Pyrénées. Conformément à la procédure, le commissaire téléphona au lieutenant de louveterie afin qu'il intervienne ; mais il ne reconnut pas immédiatement le son de la voix du gros cowboy. Elle était fluette, incertaine. Il hésitait, bégayait, et monologuait sans qu'Axel ne pût reprendre la parole. Il ne cessait d'évoquer une fin du monde qu'il voyait imminente. Le commissaire se décida à lui rendre visite.

En temps normal, il préférait marcher dans les rues de la capitale, mais la situation paraissait urgente. Alors il chaussa ses rollers électriques de service, disposa son casque gyrophare sur la tête, et traversa le cimetière du Père-Lachaise tout *schuss*, tremblant sur les pavés et slalomant entre les tombes. Il se boucha le nez à l'approche du crématorium et poursuivit son chemin en évitant touristes et fétichistes d'*Allan Kardec*. Il réapparut en trombes de l'autre côté du cimetière et dévala la rue de la Roquette pour se retrouver devant le petit ascenseur privé de la colonne de Juillet.

Lorsqu'il fut arrivé en haut de la tour, Axel dût toquer à plusieurs reprises avant qu'une voix chevrotante ne finisse par déclamer : « Montrez-moi patte blanche ou je n'ouvrirai point ! ». Le commissaire glissa sa carte de policier sous la porte, et après un court silence, verrous et loquets sautaient en plusieurs endroits. Le lieutenant se décidait à le laisser entrer.

Le grand chasseur de la capitale faisait peine à voir. Son visage était pâle, cerné, les yeux exorbités. De la poudre de 22 lui coulait des narines. Essuyant maladroitement ces résidus du revers de la manche, il invita Axel à s'assoir.

Le commissaire découvrit un appartement minuscule, mal rangé, et à l'odeur peu engageante. Les chiens tournaient en rond, grognaient, pissaient sur l'unique tapis, et semblaient prendre plaisir à le faire, défiant leur maître du regard. Le sol était jonché de cartouches vides et d'excréments. En contraste, un étincelant bouquet de gueules-de-loup était parfaitement arrangé dans un vase disposé au centre de la pièce.

— Aidez-moi, commissaire, supplia le lieutenant.

— Je veux bien, mais que se passe-t-il ? répliqua Axel incrédule devant l'attitude inattendue de son hôte.

Le colosse se déplaça vers la fenêtre, scruta au loin et déclara :

— Je suis cerné, ils sont partout…

— Mais, qui ça ?

— Les sauvages… Ils m'ont retrouvé. Ils souhaitent me faire la peau ! Vous ne comprenez pas ?!

Axel n'avait rien vu de suspect en arrivant, mais par acquit de conscience, il jeta un œil septique par la fenêtre. Des hommes et des femmes se déplaçaient, attendaient, discutaient aux terrasses de cafés. Tout semblait aussi normal que possible dans ce monde absurde.

— Je ne vois rien, avoua-t-il confus.

Mais le lieutenant n'avait pas entendu, absorbé par les allées et venues des passants qu'il scrutait désormais à la longue-vue.

— Ils sont là, tout autour, ils me cherchent, dit-il.

— Je ne vois que des hommes, bégaya Axel incrédule.

— Vous ne comprenez pas ?! Hommes, bêtes, qu'est-ce que ça change ! Les hommes d'aujourd'hui sont les transformés de demain, déclara-t-il des sanglots dans la voix.

Axel posa une main sur l'épaule du colosse qui s'effondra en larmes. Il tenta de le rassurer :

— Je peux vous fournir de nouveaux chiens pour vos interventions, ou vous mettre sous protection, si c'est ce que vous souhaitez ?

— Ça ne changera rien. Les loups, sangliers et autres chimères ont toujours été là. Nous n'avons pas eu la force de les regarder. C'était nos voisins, nos amis, notre commerçant de quartier. Et plutôt que de les aider, je les ai abattus… J'ai abattu des hommes pour ma propre gloire, vous comprenez ?! Et ils vont se venger, ajouta-t-il dans un murmure.

Le colosse semblait à bout, épuisé par sa dernière tirade. Alors Axel, également bien las, secoua la couette du lit pour en dégager les détritus et aida le gros bonhomme à s'allonger.

— Vous devez vous calmer, lieutenant. Détendez-vous et dormez. Vous verrez, au réveil tout ira mieux.

— Vous restez près de moi, hein ? implora-t-il.

— Oui, je reste près de vous.

Sur ces paroles rassurantes, l'homme en rouge s'assoupit presque instantanément. Axel s'en voulait un peu d'avoir accepté, mais il se dit que, quitte à attendre, il pourrait en profiter pour admirer la vue. Il enjamba l'unique fenêtre qui donnait sur le balcon de la colonne de Juillet et s'appuya sur la rambarde de fer forgé. Le paysage était magnifique. Une brume fantomatique se dégageait de la Seine et jouait avec les rayons des soleils. Quelques voiliers aux pavillons lointains coloraient le bassin de l'Arsenal, bras mort de la Seine. Quant aux passants, ils poursuivaient leur chemin, s'arrêtant pour bavarder ici et là, et commenter la dangerosité des derniers engins électriques pilotés par leurs adolescents.

En ce début novembre, les sursauts de chaleur s'étaient définitivement éteints pour laisser place aux premiers grands froids, et après quelques minutes, le commissaire préféra rentrer. Il repassa la fenêtre et l'odeur d'excréments de chiens lui sauta au visage. Le lieutenant était réveillé. Toujours vêtu de son costume rouge-brun affublé de breloques ternies, il couvrit ses épaules d'une cape en peaux de loups.

— Mais que faites-vous ? lui demanda Axel.

— Je pars, répondit simplement le lieutenant.

— Où comptez-vous donc aller ? C'est que nous avons besoin de vous ici !

L'homme se saisit des gueules-de-loup immaculées et les jeta par la fenêtre.

— Je m'en vais les rejoindre…

— Mais, qui ça ?!

— Les sauvages, dit-il. Je prends le parti de ceux qui sauront me protéger. On m'a démis de mes fonctions alors je décampe, avec l'espoir de trouver une meute qui voudra bien m'accueillir.

— Quoi, vous n'êtes plus lieutenant ?!

— Non…

— Et vous faites le choix de devenir une bête ? s'écria Axel estomaqué.

— Je n'ai pas d'autre solution. Adieu, répondit le lieutenant.

Tandis que le gros bonhomme se dirigeait vers la sortie, il dit :

— Prenez garde à vous.

— Oh, je saurai me protéger ! fanfaronna Axel.

— Vous n'avez pas compris, commissaire. Prenez garde à vous, répéta-t-il en le désignant du doigt. Ne laissez pas vos propres morsures tuer des hommes, des loups, des animaux, peu importe. On n'est jamais rassasié. On pense qu'en tuant, en éliminant, en oubliant, tout sera plus simple. Ce n'est pas vrai. On finit au mieux par en oublier la cause, mais les symptômes, le vague à l'âme, la tristesse, la détresse, ça vous assaille tous les jours au petit matin, sans que vous ne sachiez plus pourquoi.

Sur ces mots, il poussa le commissaire qui lui barrait la sortie, et profitant de sa corpulence avantageuse, il se mit en boule pour rouler dans les escaliers. Axel le poursuivit, dévalant comme il pouvait les deux-cent-quarante marches qui le séparaient du sol. Derrière eux, la meute les prit en chasse, les aboiements résonnant sur les murs en colimaçon.

Au pied du bâtiment, la porte était verrouillée et Axel saisit que le lieutenant n'avait pu quitter le monument, alors il continua sa route au sous-sol. Il passa une grille de fer et descendit quelques marches pour atteindre la nécropole de la colonne de Juillet. De là, il progressa dans une galerie circulaire à l'atmosphère moite et mal éclairée, jusqu'à découvrir une porte dérobée, coincée entre deux immenses tombeaux. Il se baissa pour franchir le linteau de pierre et descendit encore quelques marches. De l'eau suintait sur les murs et l'humidité de l'air le fit frissonner. Il avançait ainsi, presque à l'aveugle, jusqu'à ce qu'un peu de lumière vienne à nouveau éclairer son chemin. Son parcours s'arrêtait là, dans un immense tunnel à la voûte arrondie, où s'écoulait paisiblement de l'eau, scintillante sous un puits de lumière. Il se retrouvait au bord du canal Saint-Martin, dans sa partie souterraine couverte par le boulevard Richard-Lenoir. *La voie d'eau communiquait donc avec la colonne de Juillet !*

Il porta son regard à gauche, en direction du bassin de l'Arsenal, et c'est là qu'il vit le lieutenant : il ramait frénétiquement sur une barque de fortune, vers de splendides voiliers désireux de naviguer à nouveau sur la Seine.

Axel courut le long de l'étroit chemin de halage dans l'espoir de rattraper l'embarcation. Il héla le gros bonhomme, mais celui-ci feint de l'ignorer et s'amarra sur la rive opposée. Pour le rejoindre, Axel devait traverser le bassin au niveau de la passerelle métallique. Soit, il poursuivit sa course, redoublant d'efforts, frappant ses godasses sur le pavé.

Pourtant, au sommet de ladite passerelle, haletant, il s'immobilisa, car il savait en lui-même qu'il était trop tard.

Impuissant, il ne put qu'assister au spectacle s'offrant à lui. Le lieutenant s'était lentement courbé, recroquevillé, couvrant l'entièreté de son corps avec la cape en peau de loups, jusqu'à disparaitre complètement. Après un insoutenable temps de latence, la pelisse grise glissa finalement sur le sol, révélant une boule de poils vêtue d'un costume brun aux nombreuses breloques. Le lieutenant n'existait plus, ne restait que cet animal pelotonné. La bête étira délicatement ses membres à la lumière des soleils et son pelage scintilla. Elle se déplia avec souplesse et vint ancrer ses quatre pattes dans le sol. Axel n'en croyait pas ses yeux ; il faisait face à un loup vêtu d'un costume déchiré. L'animal se tourna, sembla l'observer une dernière fois comme pour lui dire adieu, et s'enfuit par le quai en direction du boulevard Bourdon. C'en était terminé : l'homme était devenu une bête. Résigné, Axel marcha vers la barque abandonnée, à la fois touché et étranger à la scène qui venait de se dérouler sous ses yeux. Ne restait sur le sol qu'un habit cousu de peau de loups.

Il observa longuement cette pelisse grise et comprit alors ce que cela signifiait : le pouvoir. Un pouvoir à sa portée, pour mieux faire, pour tout arranger. Un pouvoir qui calmerait ses colères et ferait peut-être disparaitre un jour ses cicatrices. Il ramassa la veste ; elle était douce, chaude, et la journée plutôt fraiche. C'est sans doute ce qui le décida à se couvrir de la cape abandonnée. Une impression de chaleur vint immédiatement réchauffer sa peau, tandis que quatre chiens s'approchaient de lui. C'étaient les anciens protégés du lieutenant à la recherche d'un maître. D'un geste maladroit qui se voulait solennel, Axel tenta d'imiter le cow-boy qui n'était plus. Il tendit le bras et serra le poing en direction des molosses. Un à un, ils s'avancèrent et léchèrent délicatement sa main fermée. C'était là signe d'allégeance et de soumission.

Nouvellement vêtu et accompagné de sa meute, Axel hésita encore un instant. *En était-il seulement capable ?* Lorsqu'il entraperçut son reflet dans les remous du canal, il se jugea très élégant et ses doutes se dissipèrent.

26.
Un bilan au beau fixe

En pénétrant dans le salon Murat de l'Élysée, les ministres furent interpellés par la nouvelle disposition de la salle : une estrade avait été placée au pied de la fenêtre et l'ensemble des chaises étaient orientées vers cette scène improvisée. Le président était déjà là, assis dans le seul fauteuil du premier rang, et lorsque ses obligés pénétrèrent dans la pièce, il ne dénia pas les saluer de la main. Par conséquent, les ministres prirent silencieusement place, tandis qu'un valet éteignait la lumière principale après avoir allumé les projecteurs qui éclairaient la scène.

Un homme et deux femmes tirés à quatre épingles montèrent sur l'estrade et entamèrent un chant *a capella*. Le président adorait ces petits spectacles qui lui permettaient de se divertir et de prendre du recul sur ses fonctions. La chorale ne composait qu'à sa gloire, et il découvrait aujourd'hui leur nouvelle création. Chaque couplet rendait hommage à l'une de ses réformes : son classement des couleurs de confitures en dehors de toute idéologie militante, la standardisation de la taille des chausse-pieds, sa révision des programmes d'éducation scolaire qui permettait à tous d'obtenir le baccalauréat… Oui, le président avait rendu les gens intelligents et il était bien normal que l'on compose en son honneur. Le baryton-basse amorçait d'abord des paroles reprises en contre-chant par l'alto et le soprano, le contrepoint parfaitement respecté ; puis les trois voix se réunissaient ensuite pour donner plus de corps aux refrains. L'hymne à sa gloire monta ainsi crescendo pour se clore avec dix-sept répétitions du psaume « Qu'il est beau, qu'il est grand ! C'est notre président ! »

Le chef de l'État manifestait sa joie. Il battait des mains et demandait des rappels. Ah, il l'aimait sa chorale ! Elle lui donnait du baume au cœur en ces temps difficiles !

Les ministres, un peu gênés par cette mise en scène, applaudissaient également, avec une certaine réserve toutefois. Ces petits spectacles ne gonflaient-ils pas l'ego d'un président trop sûr de sa victoire aux prochaines élections ? Quelques regards s'échangeaient. Qui oserait lui annoncer que le Parti animaliste faisait de plus en plus d'adeptes et que les sondages les plaçaient maintenant au coude-à-coude ?

Le chef de l'État aurait bien prolongé la représentation, mais il devait se mettre au travail, alors il jeta une bourse que les saltimbanques s'empressèrent de ramasser avec les dents, puis il pivota son fauteuil en direction de ses ministres.

— Bien plaisante cette chanson !... Bon, concernant ma campagne, ajouta-t-il. Même si ça semble gagné d'avance, il ne faudrait pas relâcher les efforts. J'ai lancé ma candidature il y a plusieurs mois déjà et je n'ai pas encore de programme. Pour de vrai, je leur dis quoi aux gens ?

Le fauteuil roulant du Secrétaire général de l'Élysée vint rompre le silence et couina en direction du chef de l'État, qui sentit une langue froide et moite se glisser dans son oreille.

— Monsieur le président, le bilan de votre mandat est sans nul doute le meilleur qu'aucun président de ce monde n'ait jamais eu à présenter. Cependant, je demeure méfiant quant à l'interprétation que la populace en fera. Ils pourraient être leurrés ou mal informés de la qualité de votre génie et se regrouper sous une bannière commune qui pourrait vous causer du tort.

— Ah oui ? Eh bien, je serais curieux de savoir quel angle d'attaque ils prendraient ! fanfaronna le président.

Le Secrétaire général précisa :

— D'après nos sources, cette convergence existe déjà sous la bannière des animalistes.

— Les quoi ?

— Les loups…

— Ah, encore cette histoire ?! Mais vous ne les avez toujours pas butés ?

— Euh, on ne peut pas, monsieur le président, ce sont nos concitoyens…

— Ah, c'est dommage ça. Je connais personnellement le lieutenant de louveterie de Paris, et cette solution lui aurait fait bien plaisir.

Le SG soupira et intervint à nouveau :

— Le lieutenant de louveterie a choisi une autre orientation à sa carrière. Nous l'avons remplacé par Némès-Ressac, un individu plus adapté à la situation. En outre, le Grand méchant Loup — chef du Parti animaliste — rassemble de plus en plus de sympathisants, ce qui nous met dans une position inconfortable, mais pas désespérée.

Alors que le Secrétaire général expliquait cela au président, ce dernier murmurait les paroles que la chorale avait laissées dans sa tête « Qu'il est beau, qu'il est grand ! C'est notre président ! »

— Monsieur, je vous invite à prendre avec sérieux ce que je vais vous dire, ajouta le SG. Nous allons axer notre campagne contre le Parti animaliste. Nous serons le Parti anti-animaliste : le PAA. Nous bipolarisons de fait la société sur un sujet épineux, ne laissant pas d'autre choix à nos adversaires politiques que de se ranger de notre côté ou du leur.

Le ministre de l'Ordre écoutait avec attention. Il trouvait cette stratégie extrêmement maligne et se dit qu'il lui restait du chemin à parcourir avant de devenir président. Malheureusement, le chef de l'État ne semblait pas recevoir les informations avec autant de gravité.

— Va pour le Parti anti-animaliste… Il n'empêche que c'est bizarre tous ces gens qui aiment tant les animaux. Je me demande qui ça peut être, ajouta-t-il songeur.

— Bah, les ploucs ! répondit le ministre de l'Agriculture, alors qu'il tentait d'extraire avec un cure-dent un bout de viande coincé entre deux molaires.

— On ne peut pas plutôt axer notre campagne sur l'éradication des ploucs, comme on l'a déjà fait sur la pauvreté ? demanda le président à son SG.

L'homme fit grincer sa carriole en même temps que ses dents et ajouta :

— L'anti-animalisme parlera plus aux gens, je crois… Par ailleurs, il serait à notre avantage de modifier le mode de scrutin et d'accélérer le calendrier des élections avant que le Grand méchant Loup ne recrute plus d'adeptes.

Le chef de l'État soupira et bougonna qu'il était trop soulé. Le SG ajouta :

— Vous n'échapperez pas à l'allocution présidentielle.

— J'avais compris, nous en reparlerons…

Les ministres avaient observé la scène en spectateurs et se gardaient de se prononcer sur ce qui relevait des plus hautes stratégies. Lorsque le SG disparut dans l'ombre avec sa carriole de fer, le président resta silencieux, le visage fermé de colère. *Ah ça, non ! Il n'aimait pas qu'on lui dise quoi faire. Ce n'était plus un enfant tout de même !*

Les ministres claquaient des dents à présent, inquiets d'être la prochaine victime d'un chef de l'État dont les hautes responsabilités nécessitaient parfois de se défouler. Heureusement, le président finit par desserrer les mâchoires pour dire :

— Le Conseil des ministres est ajourné. Vous m'avez trop gavé. On ne parlera pas de ma réforme scolaire sur la flûte à bec à trois notes. Allez-vous en maintenant, ça va être l'heure de mon spectacle de marionnettes.

Les ministres ne se firent pas prier et disparurent de la salle avec une célérité proche de celle de la lumière. Le président pourrait ainsi méditer sur les tribulations de Guignol, personne ô combien épatante, qu'il tenait en admiration et dont il s'inspirait parfois de l'ambiguïté pour gouverner !

27.
Adieu commissaire

Axel avait garé sa *wolfmobile* sur le trottoir de la rue des Gâtines et franchissait à présent la porte d'entrée du commissariat. Alors qu'il montait dans l'ascenseur, il se dit que si la crise actuelle n'était pas des plus aisées à résoudre, il avait su prendre son parti des événements et enfiler la cape du lieutenant de louveterie. C'est d'ailleurs en s'emparant du costume qu'il avait été promu. De simple commissaire d'arrondissement, il devenait grand défenseur de la capitale, avec ce que cela comportait : le logement de fonction dans la tour de la Bastille, la *wolfmobile*, les chiens… Il tentait pourtant de garder la tête froide, car il voulait surtout faire honneur à son nouveau poste.

Depuis quelque temps, la machine administrative s'était mise en route. Le président lui-même s'était fendu d'un communiqué depuis son Palais d'Hiver où il se disait extrêmement concerné par la situation. Les députés avaient voté le port du masque, et si quelques marginaux s'étaient fustigés devant cette pratique liberticide, la consigne était largement respectée. C'est ainsi que les rues de Paris s'étaient emplies de déguisements aux couleurs chatoyantes, venues décorer le pâle ciel de décembre, d'où le soleil clair avait quasiment disparu. Il était à présent impossible de discerner qui se cachait derrière un masque. Ce pouvait être un loup, un homme, une chimère. On imaginait ce que l'on voulait sous les parures, et le subterfuge semblait fonctionner pour tous. Axel se demandait parfois s'il était encore le seul à se poser des questions. Qui se dissimulait sous ce costume aux plumes mauves et noires ? Qui avait disparu sous ce déguisement de poils à la crinière de lion ? Plus personne ne savait qui était qui. Était-il temps de douter de ses proches ?

Peut-être, mais nul ne se serait laissé tenter à l'idée de soulever le masque de son conjoint alors qu'il dormait. Si ses dents avaient poussé dans la nuit, bien cachées, elles ne pouvaient que demeurer sans conséquence. Les travestissements de couleurs effaçaient les visages, mais apaisaient les tensions. Ils avaient gommé les sourires, ne laissant que le blanc des yeux pour se comprendre.

Au deuxième étage, Axel déambula dans des couloirs déserts, puisque tous étaient à l'attendre dans la salle de réception du commissariat. À son arrivée, ses ex-collègues s'approchèrent pour le féliciter, gradés comme subalternes, masqués ou pas. Certains prenaient le parti de le faire solennellement, d'autres avec un enthousiasme marqué d'une voix aux tonalités suraiguës. C'est sûr, il y avait des envieux, et le sourire de Deschannel restait de façade ; il s'y serait bien vu dans le costume de lieutenant de louveterie, brillant tel un diamant dans les hautes sphères de la capitale. Mais il était assez malin et de bonne composition pour ne pas se laisser aller à la rancune.

Axel se sentit d'abord mal à l'aise ; ne sachant comment réagir aux honneurs, il mima tout bonnement l'ancien lieutenant, et bien vite, il fut en capacité d'accepter l'estime que l'on avait pour lui. Se fondre un temps dans le costume là était sans doute la clé, se dit-il.

Vint rapidement l'heure des discours. Le commissaire divisionnaire lut un texte très protocolaire dans lequel il rappelait le parcours de son subordonné et sa participation active à chasser les loups de la capitale. Applaudissements. À son tour, Axel remercia sa hiérarchie avant de dire un mot à l'intention de ses subalternes. Nouveaux applaudissements.

Puis, une secrétaire s'avança vers Axel, un paquet cadeau à la main. Il feignit la surprise et le déballa sous le regard de ses hôtes. C'était un écrin dans lequel scintillait un pistolet ancien, disposé sur un tissu de velours pourpre. La crosse, d'un bois brun et mat, était recouverte d'une fine dentelle de métal, s'épaississant sur la partie supérieure pour venir harmonieusement se fixer à un canon argenté et filiforme. Une anachronique lunette grossissante était accrochée sur le dessus de l'arme ; elle ajoutait une touche de modernité à ce bijou de précision qu'Axel prit délicatement de sa main droite afin de le soupeser. Ses initiales avaient été gravées sur le bas de la crosse et il fut sincèrement ému par cette attention. Le coffret contenait également des balles en argent, alors dans un silence presque religieux, Axel les glissa une à une dans le barillet, et le bras tendu cette fois-ci, il soupesa l'arme à nouveau. C'était parfait. Son impeccable finition venait naturellement prolonger sa main qui ferait régner l'ordre et la justice sur la capitale. Axel se sentit choyé et se dit qu'il regretterait probablement ses collègues ; mais ainsi va la vie. Son plafond de verre avait explosé et il comptait bien découvrir ce qui existait au-delà.

L'ex-commissaire remercia donc ses convives — applaudissements — puis les invita à profiter du buffet : des tables garnies de fruits, de sucreries et de petits gâteaux en forme de loups. Ce maigre encas fut vite dévoré avec enthousiasme, et la sauterie se poursuivit à coup de godet de jus de raisin fermenté.

Axel était très excité par son nouveau jouet, et tandis que la fête battait son plein, un peu ivre, il reprit l'arme en main pour viser des cibles imaginaires dans la salle. Ours, loups, chimères, il mit en joue ses fantasmes, jusqu'à ce que la lunette du pistolet se pose sur le brigadier Chenu.

L'homme se tenait à l'écart, mal à l'aise, et l'ex-commissaire eut bien du mal à le reconnaître. S'il semblait évident que son corps s'obstinait à se métamorphoser, aucun de ses collègues ne semblait y prêter attention. Axel, grisé par la soirée, décida de faire abstraction de leurs relations complexes ; il s'avança donc vers le brigadier et lui tendit la main. Mais ce qu'il sentit en retour entre ses doigts n'avait plus rien d'humain ; ce n'était qu'une patte velue dont les griffes lui lacérèrent la chair.

— Quelle poignée de main, Chenu ! déclara Axel en riant maladroitement.

— Comme vous dites, répondit-il froidement.

— Vous devriez porter un masque, vous vous en rendez compte ?

— Je n'en porterai pas.

Désormais, Axel ne pouvait plus le rappeler à l'ordre pour insubordination, mais il trouva là l'opportunité de tester la crédibilité de ses nouvelles fonctions. Il resserra donc les mâchoires et déclara :

— Le décret vient pourtant d'être adopté, et vous êtes dans l'illégalité.

— Le but de ces masques est-il de se cacher ? De cacher ce que l'on est et ce que l'on ressent ?

Axel repensa furtivement à la corrélation qu'Elvire avait trouvée entre les transformations et les émotions, alors il avoua :

— Il semblerait en effet qu'il existe un lien entre les métamorphoses et le ressenti, mais cela reste flou, renchérit-il pour ne pas perdre la face.

— Porter un masque me rend triste…

— Et cela vous met dans l'illégalité au regard de la loi, le coupa sèchement Axel.

— Sans doute, mais je n'en porterai pas.

Le brigadier se transformait sous ses yeux, depuis des mois, mais aider cet homme-là — allez savoir pourquoi — c'était au-dessus de ses forces. Alors sans ajouter un mot, Axel tourna simplement les talons, bien décidé à profiter de l'instant, des biscuits et du jus de raisin fermenté.

La sauterie se prolongea jusque tard dans la soirée. Lorsqu'il n'y eut plus rien à boire, chacun rentra chez soi, et c'est passablement soûl qu'Axel monta dans sa *wolfmobile* pour rejoindre ses nouveaux appartements dans la colonne de Juillet. Il gara sa voiture sur la place de la Bastille et prit l'ascenseur de verre. La porte de chez lui à peine ouverte, il fut assailli par ses chiens, débordant d'enthousiasme à l'idée de retrouver leur maître. Axel les calma avec difficulté et ne trouva le silence qu'après les avoir nourris. À rester enfermée, sa petite meute tournait en rond et ne s'exerçait guère. Il se promit donc de les emmener le lendemain pour leur première maraude dans les rues de Paris.

Puis il s'assit sur son lit et prit machinalement le décret d'application de la loi LOUP. La procédure se révélait enfantine : tout transformé qui refuserait le port du masque devait être abattu après trois sommations. Venaient ensuite les annexes, résumées en quarante-sept feuillets et définissant les caractéristiques d'un transformé compte tenu de sa pilosité, de son langage, de ses griffes, de son agressivité… Ivre et exténué par sa journée, Axel évacua la paperasse sur le sol et s'allongea, l'outre pleine de raisin fermenté. Ses chiens le rejoindraient peut-être pour se pelotonner contre lui. Puis il ferma ses paupières, et avant de sombrer, il repensa au visage d'Elvire, imaginant la scène de leurs retrouvailles, et fantasmant le reflet de sa propre image dans ses yeux souriants.

28.
L'allocution du président

Il avait été décidé que le discours du chef de l'État serait prononcé depuis le salon doré — bureau personnel du président —, sous prétexte que cela faisait proche du peuple. Les reporters approuvés par les plus hautes autorités y avaient donc installé puis démarré leurs caméras, avant de s'en aller visiter les merveilles du palais de l'Élysée.

Le président ne raffolait pas des allocutions, et aujourd'hui il s'en voulait d'avoir cédé si facilement devant l'insistance de son SG. Mais celui-ci lui avait chatouillé les poils de l'oreille en lui susurrant que c'était indispensable ; alors après avoir beaucoup ri, le chef de l'État avait rendu les armes. C'est sans doute la raison pour laquelle il boudait à présent derrière son bureau, le regard perdu dans ses vignettes *Panini*, les caméras en roue libre.

Après vingt minutes de direct où il ne souffla mot, le président rechigna enfin à lever la tête pour entamer son allocution :

— Mes chers concitoyens, dans l'optique de toujours rassembler et de ne jamais diviser, il est parfois important de remettre de l'ordre dans ses affaires comme je viens de le faire avec mes vignettes.

Il s'arrêta un instant sur cette phrase, dévoilant une fois encore sa pensée complexe qui ne manquerait pas de faire réagir l'ensemble des commentateurs dès la fin du discours. Il enchaîna :

— Afin d'apaiser la Nation, je me suis concerté unanimement et dans le respect démocratique. Je *n'vais* pas vous le cacher, c'est le bordel… Y'a ceux qui veulent se transformer, ceux qui veulent pas, et ceux dont on *n'sait* pas ce qu'ils veulent. Du coup, on dirait qu'on allait organiser des élections à un seul tour et avec juste deux partis politiques ; ça sera quand même plus simple… Donc, vous aurez le choix entre le parti des animaux — qui craint grave — et le mien, celui des anti, qui déchire carrément plus !

Fier de cette allocution disruptive, le président rassembla ses notes avant d'ajouter subitement :

— Ah, au fait… Les élections sont avancées au soir de la Saint-Sylvestre. Voilà ce que c'est que de gouverner ! PAF, les animaux ! C'est ça la démocratie…

Le chef de l'État fit ensuite quelques grimaces devant les caméras, sans doute à destination de l'autre camp, et quand il en eut assez, il replongea le nez dans sa collection de vignettes.

29.
Visite au Museum

Après mûre réflexion, Axel avait souhaité se démarquer de son prédécesseur en optant pour un nouveau costume, dont il avait lui-même imaginé l'esquisse : un uniforme rouge aux épaulettes dorées, parsemé de médailles ostensiblement épinglées de chaque côté d'une couture aux boutons argentés. Il s'était aussi affublé d'un haut-de-forme — rouge, bien sûr, et rappelant les lointaines époques napoléoniennes — qu'il avait agrémenté de plumes d'oiseaux exotiques pour égayer sa coiffe. Lorsqu'il avait porté ses croquis au tailleur, celui-ci l'avait félicité pour sa créativité et s'était engagé à lui confectionner un costume sur mesure dans les plus brefs délais. Pourtant, Axel avait récupéré un uniforme trop large pour sa carrure et s'en était plaint. Le tailleur, un peu vexé, lui avait rétorqué qu'il avait juste anticipé sa prochaine prise de poids, et que c'était là même le propre de tous les héros : savoir grossir dans un costume trop large pour eux. Rassuré, Axel s'était excusé et avait promis de faire son possible pour combler l'air entre le tissu et son corps.

Il était d'humeur joyeuse ce matin lorsqu'il gara sa *wolfmobile* sur l'un des trottoirs de la rue Buffon. Il couvrit son nouvel uniforme de sa cape en peaux de loup, puis il ouvrit le coffre de la voiture afin que ses chiens se dégourdissent un peu. Les molosses prirent vite possession de la rue, pissant ici et là, et revinrent tranquillement au pied de leur maître lorsque celui-ci les siffla. Il les mit ensuite en laisse pour se faire tracter sur le trottoir en direction du Muséum.

L'entrée de l'institution lui parut changée. La grille était rouillée et l'inscription « Ilot de rationalité » qui la surplombait ne se lisait plus que péniblement, comme effacée par ces temps obscurs. Qu'importe. Axel franchit le seuil accompagné de ses chiens qui, s'ils semblaient nerveux, suivaient malgré tout leur nouveau maître. Il s'aventura ensuite dans le dédale de bâtiments délabrés qui le mèneraient jusqu'à Elvire. À gauche puis à droite ? Ou l'inverse… Difficile à dire, tout se ressemblait. Il prit à droite, puis à gauche, puis… il était perdu. Les chiens devenaient de plus en plus nerveux. Ils aboyaient, se chamaillaient, se mordaient les oreilles, espérant assujettir leurs propres congénères.

Axel aussi était inquiet. Comment avait-il pu s'égarer ? Il souhaitait ardemment revoir Elvire qu'il n'avait pas eu l'occasion de croiser ces derniers temps. Il voulait lui faire la surprise : sa promotion, son costume, les chiens… Ah, les chiens ! Il avait encore un peu de mal à se faire respecter. Il réussit néanmoins à les faire taire un instant et put alors se concentrer. À gauche, passage sous l'arche. Puis à droite et encore à droite. C'était pourtant si facile. En un rien de temps, il était à l'entrée du pôle *Homme et Environnement*.

Il attacha sa meute sur la rambarde des escaliers et s'élança vers la porte d'entrée. Il fut étonné de découvrir un interphone. Axel n'avait pas le souvenir de sa présence. Mais il chatouilla les boutons de l'interface et le visage d'Elvire finit par apparaître à l'écran.

— Bonjour commissaire, dit-elle en souriant.

— Bonjour Elvire, je découvre que tu as la vidéo sur l'interphone, dit Axel un peu gêné. Euh, tu m'as vu faire les cent pas entre les bâtiments avant d'appuyer ?

— Non.

— C'est probablement que je ne les ai pas faits, alors… Je peux entrer ?

— Oui, tu dois juste répondre à une question aléatoire qui s'affiche sur l'interphone. Si tu te trompes, une masse en bois sort du mur et t'assomme. Si tu n'es pas sûr de ton coup, je te conseille de te décaler.

Confiant, Axel lut la question apparue à l'écran : « Quelle date communément admise marque la fin du Crétacé et la disparition des dinosaures ? » Réponse A : Ils n'ont pas disparu ; réponse B : Il y a 65 millions d'années ; réponse C : Y'a un petit bout de temps ; réponse D : la dernière fois que j'ai vu mon beau-frère ».

La question semblait simple, très simple même. Pourtant Axel hésitait. Les chiens aboyaient, lui tournaient la tête, et il peinait à se concentrer. Heureusement, il se souvint qu'il n'avait pas de beau-frère. C'était sans doute la réponse B. Il appuya sur ce bouton et la porte s'ouvrit.

Axel retira sa cape et s'avança dans les couloirs. Mais là encore, il tiqua. Les lieux lui semblèrent bien changés : les pièces avaient-elles toujours été aussi étroites ? Et la peinture qui s'effritait, et le parquet aux lattes usées ?

C'est alors qu'il la vit, Elvire, rayonnante, venue à sa rencontre. Il n'avait pensé qu'à elle ces derniers temps. Elle lui avait tellement manqué. Ses bras, son rire, son corps, son odeur. Pourtant, le large sourire d'Elvire se figea aussi net qu'il était apparu.

— Mais qu'est-ce que c'est que ça ? dit-elle dans un souffle.

— Quoi, mon nouvel uniforme ? Ça ne te plaît pas ? demanda-t-il, un peu déstabilisé.

— Non, ça ne me plaît pas !

Il tenta de la prendre dans ses bras, de l'embrasser, mais elle le repoussa :

— Et en plus de ça, tu as récupéré cette immonde veste en peau de loups ?! Elle sent la charogne ! TU SENS LA CHAROGNE !

Elvire avait hurlé et Axel était tétanisé. Il resta immobile, un instant, ne sachant que faire. Il ne comprenait pas.

— Mais…, dit-il. Je défends les hommes, c'est tout. Je les protège des loups. Je limite la propagation des bêtes sauvages. N'est-ce pas là ton propre combat ?

— Mais pas comme ça !

— Écoute, ma promotion, c'est l'occasion rêvée. J'ai enfin les moyens d'intervenir…

— Avec ton costume ridicule et tes chiens ? Tu penses sincèrement pouvoir intervenir sur le cours des choses ? Tu ne feras que tuer des loups, alors même que tu le sais, car je te l'ai dit : un jour, ils pourraient redevenir des hommes.

Axel se braqua et répliqua :

— Je n'adhère pas à cette théorie. Crois-moi, un loup reste un loup. Peu importe son discours, son apparence, son caractère colérique ou enjôleur. Un loup reste un loup.

— Et comment peux-tu affirmer ça ?

— À cause de mes cicatrices, dit Axel dans un souffle.

— Tu ne te souviens même pas pourquoi tu les as sur le corps ces cicatrices !

— Peu importe, je les sens, et encore plus depuis le début de cette histoire. Encore plus à l'approche d'un animal. Ces cicatrices me rappellent tous les jours que je suis un homme.

Elvire le regardait, les yeux embués de larmes, alors qu'il laissait échapper sa colère :

— Moi, je sais ce que c'est qu'un loup, dit-il. Toi, tu continues de fantasmer ceux qui t'ont abandonnée parce que tu étais différente.

— Les hommes aussi m'ont abandonnée…

Furieux, Axel n'avait pas entendu sa dernière remarque perdue dans un soupir.

— Tu ne fais que rêver à des choses abstraites, dans ton petit ilot de rationalité. Moi, j'ai choisi mon camp…

— Mais tu n'as rien compris alors ! C'est justement s'inscrire dans un camp qui cause des dégâts. C'est en créant des systèmes de pensée irréconciliables que l'on crée de la frustration. Et c'est cette frustration qui fait déborder les émotions…

— Ah, les émotions ! répondit-il, goguenard.

Axel croisa à nouveau le regard d'Elvire et y décela davantage de tristesse que de colère. Il se radoucit :

— D'accord, pardon. C'est juste que je fais ce que je sais faire, ce qui me semble pertinent, et les travaux que tu as entrepris le sont tout autant. C'est d'ailleurs très courageux, et dangereux.

— C'est pour ça que nous avons installé un digicode.

— Et penses-tu que cela soit suffisant ? rit Axel. Es-tu certaine de savoir ce qu'est un loup en fait ? Je vais te mettre sous protection.

— Non, répondit froidement Elvire.

— Alors dans ce cas, prends ça.

Axel ouvrit sa besace et en sortit un masque au fond doré, couvert de plumes vertes et jaunes. Elle ne le savait pas, mais il l'avait fabriqué pour elle, pour son regard, ses yeux, les voir briller encore et encore. Elvire détailla l'objet qu'Axel avait entre les mains, décoré avec goût et finesse. Elle refusa pourtant ce cadeau.

— Axel, dit-elle. Ton masque est magnifique, mais je ne peux pas l'accepter.

— Et pourquoi ? répondit-il attristé.

— Je trouve que c'est lâche…

— Oui, mais tu ne serais plus en danger, et tu pourrais continuer tes recherches sans risquer de te faire attaquer.

— Je prends le risque…

Dans un ultime élan d'espoir, Axel s'avança pour la serrer dans ses bras. Elle ne s'y attendait pas et recula instinctivement :

— N'approche pas ! Tu pues, tu sens la mort ! Et tes chiens qui n'arrêtent pas d'aboyer au-dehors, ils me rendent malade. Tu ne te rends pas compte qu'à ta manière, tu deviens un loup ? Tu penses que cette cape te protège, qu'elle apaisera tes cicatrices, mais un jour tu ne pourras plus la retirer ; elle sera devenue toi et tu ne seras plus un homme. Tu saisis ça ?!

Axel prenait surtout conscience qu'il l'avait perdue et que sonnait là le glas de leur relation.

— Je suis triste que l'on ne puisse se comprendre, dit-il avant de tourner les talons.

Il remit hâtivement la cape sur ses épaules et s'enfuit avant qu'elle ne puisse voir la goutte qui coulait sur son visage. Une fois à l'extérieur, le froid gela instantanément cette larme pesante qui vint se briser sur le sol. Les chiens n'en pouvaient plus d'être attachés. Ils se battaient, aboyaient, hurlaient à la mort, le cou tendu vers le ciel. Tout ce bruit, c'en était trop. Axel ne voulait que du silence. Alors, il s'avança vers le chef de meute et lui asséna plusieurs coups de pieds dans le ventre. L'animal se recroquevilla, mais Axel continua de frapper. Le chien se roula finalement sur le dos, présentant son flanc en guise de soumission. Mais ce n'est pas ce que souhaitait Axel ; il voulait juste cogner, de toutes ses forces. Bientôt, l'animal ne bougea plus. Quant aux autres, ils s'étaient tus. Dans ce silence de glace qui annonçait l'hiver, un solide chien, presque battu à mort, était redevenu un chiot. Axel prit le blessé sur son épaule et sortit de l'institution, accompagné du reste de la meute.

L'esprit embrumé, il repensait au Village, aux loups, à la religion, à son père. Il s'était presque reconnu en lui lorsqu'il avait déchargé sa colère sur Elvire ; et à présent, il s'en voulait.

30.
Pendant ce temps, au Village… (IV)

La salle municipale était pleine à craquer et le ring de boxe ne semblait pas y être étranger. Chaque équipe préparait son champion pour ce nouveau débat, prodiguant astuces du droit et arguments du gauche. Le combat du jour régalait d'avance les villageois : Loulou Couterou contre Philippe la dent creuse. Quelle affiche !

Le maire traversa l'allée centrale et fut un peu déçu que personne ne lui prêtât attention. Il s'avança donc jusqu'à sa place habituelle, mais découvrit que l'on avait retiré sa chaise. Alors il resta là, debout, les bras ballants, réalisant que personne ne s'occupait de lui. Il aurait voulu exprimer son désarroi en se roulant par terre, mais cela n'était pas digne de ses fonctions, et de plus, il n'avait pas la certitude de pouvoir se relever sans l'assistance de quelqu'un.

— Je me plie en quatre pour vous, et personne ne fait jamais rien pour moi ! hurla-t-il. Pas une chaise, pas même une chaise !

L'employé de mairie soupira et lui apporta un biscuit ainsi qu'une robuste assise sur laquelle il pourrait disposer son lourd séant. Le notable s'installa et déclara d'une voix à peine plus calme :

— Mes chers concitoyens, je souhaite que nous réglions un problème au sein de notre communauté : les tours de garde sur les murailles.

— Quoi, les tours de garde ? *Y* sont très bien les tours de garde ! clama quelqu'un dans l'assemblée.

— Oui, s'ils sont respectés. Mais il se trouve que c'est toujours Le Ter qui s'y colle, dit le maire en désignant son cousin du doigt. Parce que tout le monde lui refile toujours sa permanence. Et ne mentez pas, hein ? Je vous vois faire !

Oui, tout le monde échangeait son tour avec Le Ter, sous prétexte que les rondes en solitaire sur les murailles, c'était marrant pour personne. Et lui acceptait, car il était comme ça. Il occupait ses nuits à scruter des loups imaginaires, sous les orages d'été comme dans le froid de l'hiver.

— En plus, poursuivit le maire, cette andouille refuse de s'armer et balance des pétards du haut des remparts. Il ne fait qu'effrayer les marmottes. Vous parlez d'une protection !

— Et d'abord, pourquoi *y prend pas* un fusil comme tout le monde ? demanda Fernand.

Un peu penaud, Le Ter s'expliqua :

— Toute la nuit, tout seul sur les remparts, je réfléchis. Et j'en arrive à avoir de mauvaises pensées… *J'voudrais* pas me foutre en l'air, vous comprenez ?

L'assemblée comprenait, car tous partageaient ce sentiment vis-à-vis des murailles. Elles leur rappelaient de sombres souvenirs et les ramenaient à leur condition.

Fatiguée d'entendre le même débat depuis tant d'années, la jeune Amarante explosa :

— Mais ça fait des siècles qu'il n'y a plus de loup ! Moi, j'ai vingt ans et je n'en ai jamais vu un seul. Alors on pourrait peut-être arrêter ces tours de garde à la con et détruire ces horribles murailles, non ?

— Moi je suis d'accord avec elle, s'empressa d'appuyer Tircis.

— Moi aussi, se risqua l'employé du village, qui baissa rapidement les yeux face au regard froid de son supérieur.

Le maire se redressa sur sa chaise et vint rabattre un bout de sa tunique sur ses frêles genoux. Son visage avait changé, le front plissé, l'air extrêmement contrarié.

— On n'abat pas les murailles, dit-il sèchement.

— On peut *p't'être* régler ça sur le ring ? proposa Loulou qui était plus certain de sa victoire que de ses convictions.

C'en était trop pour le maire. Ce fut comme une explosion qui, partie de sa poitrine, remonta et vint ouvrir ses lèvres qu'il tentait désespérément de garder serrées. Il éclata :

— C'est ça ! Foutez-vous sur la gueule, pétez les murailles, continuez d'immoler nos récoltes ! Et vers qui vous tournerez-vous à la prochaine Grande Famine, hein ?! Qui est-ce que vous sacrifierez cette fois-ci quand les loups reviendront et que vous aurez faim ?!

La salle s'était glacée, et pour une fois, même Jacques ne disait rien. La vieille Aglaé s'était mise à pleurer en silence. On n'en parlait pas de la Grande Famine, juste un peu, par métaphores, et surtout, jamais on ne la nommait. *Qu'est-ce qui lui avait pris au maire ?*

Mais le notable enrageait. N'était-ce pas lui qui les avait sauvés ? N'était-ce pas lui qui les avait empêchés de devenir fous à cette époque ? Vraiment, c'en était trop. Il se leva péniblement, traversa la salle en bousculant ses concitoyens et tempêta :

— Puisque c'est l'anarchie ici, moi je préfère m'en aller. Si c'est seul et à bout de bras que je dois porter la démocratie, je le ferai !

Furieux, il arracha un énorme gigot qui trônait sur la table du buffet et se saisit d'un cubi de raisin fermenté médiocre, en prévision d'un gueuleton en solitaire dans ses appartements de fonction.

31.
La remise de médaille

Axel s'avançait dans la cour de l'Élysée vêtu de son splendide costume, le tromblon à lunette pendu à la ceinture. Il faisait froid, et le gravier saupoudré de gel crissait à chacun des pas qu'il effectuait pour rejoindre l'édifice.

Deux valets l'attendaient à l'entrée du palais, frigorifiés par le vent glacial qui s'était abattu sur la capitale. Ils le saluèrent en claquant des dents et lui ouvrirent la porte avec tout l'égard qu'imposait sa nouvelle fonction. Axel grimpa les marches et pénétra dans un hall surchauffé, où des doubles-épaulettes se baladaient en maillot de bain. Ordre du président : montrer un aspect décontracté de son quinquennat. L'un des serviteurs lui fit signe de l'accompagner et l'orienta dans l'aile ouest du palais. Axel suivit donc ce valet qui s'amusait à faire claquer l'élastique de son maillot de bain en lui adressant des clins d'œil.

La petite sauterie se déroulerait dans le Jardin d'Hiver, ancienne orangerie de la duchesse du Berry, et dont la magnifique verrière donnait à voir par temps clair les merveilles du ciel. La porte de la salle fut ouverte avec beaucoup de déférence et Axel pénétra dans la pièce surpeuplée. Mais il ne reconnut aucun visage, alors même que personne n'était masqué. Était-il au bon endroit ? Sans doute, car lorsque les convives prirent conscience de son arrivée, tous se mirent à applaudir. Axel fut rassuré de demeurer parfaitement identifiable dans son nouveau costume de lieutenant. Confiant, il s'avança de quelques pas, et de nombreuses mains vinrent serrer la sienne, tandis que d'autres lui tapotaient l'épaule en le remerciant chaleureusement pour son travail.

La pièce était magnifiquement décorée. Des guirlandes lumineuses glissaient en stalactites depuis le plafond, et des flocons de givre scintillaient sur les parois de verre. Un immense sapin de Noël avait été placé au centre de la salle, et à son sommet, une étoile diffusait une lumière opaque. Conformément à la tradition, il était affublé de boules de couleurs, de pommes de pin faussement givrées et de bonbons en forme de canne à sucre. Le pourtour de l'arbre était protégé par des rubalises, empêchant quiconque d'approcher du tronc ; et dans cette sphère étrangement vide pour une salle aussi comble, on avait installé un panneau où il était inscrit : « Espace de cadeaux réservé au président ». Une bien belle fonction, s'était dit Axel.

À l'instar des récentes sauteries auxquelles il avait participé, un buffet avait été disposé dans le fond de la pièce, où une immense table à la nappe immaculée proposait victuailles et mignardises. Nombre d'invités s'étaient amassés là, bavant devant la nourriture, la serviette autour du cou et une pince à homard dans la main. Tous attendaient le top départ du président qui ne s'était pas encore montré.

De nombreux courtisans continuaient de saluer le nouveau protecteur de la capitale, le questionnant sur l'épidémie, sur son point de vue de la situation. Tous souhaitaient savoir s'ils en seraient quittes avant Noël. Axel répondait avec courtoisie et confiance ; rassurer était là sa principale mission. Mais qu'en était-il réellement ? Il se prit à douter. Depuis qu'il avait été promu lieutenant et n'avait plus de contact avec Elvire, tout était devenu flou. Voltigeant de sauteries en parades, il n'avait guère eu le temps de se préoccuper des loups. Combien avaient été recensés ? Qui se cachait derrière les masques ? Des meutes s'étaient-elles regroupées ? Axel frissonna. Et tandis qu'il poursuivait son interminable serrage de main, il se promit intérieurement qu'après cette petite fête, dès demain, il se mettrait au travail. Se confronter au terrain, à la réalité. À pied, il n'y pensait même plus. Mais coincé dans la *wolfmobile* de son prédécesseur, il se sentait parfois bien peu à l'aise et un profond sentiment de solitude lui serrait le cœur alors qu'il était au volant de son bolide.

C'est ainsi qu'une idée lumineuse vint frapper son esprit : il se ferait construire un traineau pour l'hiver. Il pourrait donc naviguer à vive allure dans les rues de Paris, promenant ses chiens au beau milieu du peuple. Avec ce froid, la neige ne tarderait plus à tomber ; il n'avait qu'à attendre. Et dès demain, promis, il prendrait contact avec le meilleur constructeur de traineaux de la capitale.

Perdu dans ses réflexions, Axel avait machinalement continué de serrer des mains et n'avait pas vu la fanfare du président pénétrer dans la salle. Quand les musiciens entonnèrent l'hymne national, il sursauta. Le chef de l'État apparaissait dans un costume bleu à paillettes flambant neuf, et c'est tout sourire qu'il chemina dans la pièce, écartant la foule de deux bons mètres à chacun de ses pas. Il sembla chercher Axel des yeux et lorsqu'il le vit, il lui fit signe de s'avancer.

— Lieutenant Axel Némès-Ressac ?

Passablement intimidé par cet homme à la tête de montgolfière et que tous disaient si intelligent, Axel ne put murmurer qu'un « oui ». Le président se fixa donc devant lui dans un silence protocolaire assez gênant. Il attendit l'arrivée d'un serviteur exceptionnel de classe 3, portant dans ses mains un coussin sur lequel reposait une rutilante médaille. C'était une décoration d'un genre nouveau, une sorte de pièce massive ornée de feuilles de chêne vertes et or, disposées en étoile. En son centre, on pouvait lire la devise de la Nation, en auréole sur le visage gravé du président.

Axel avait laissé un espace libre sur son costume et c'est tout naturellement que le chef de l'État y épingla la médaille en déclarant :

— Je vous décore de l'ordre des « Personnes cools de ouf » que je viens de créer, et vous promeus par la même occasion au rang de Grand louvetier de France.

Applaudissements. De l'émotion dans la voix, Axel assura le président qu'il saurait se montrer digne de sa confiance. Nouveaux applaudissements. C'était le signal.

Les convives les plus affamés se ruèrent sur les victuailles, ne prenant pas la peine de toaster les œufs d'esturgeon ; les autres, plus distingués, vidaient des coupettes avec davantage de manières. Et alors que l'attention de tous était portée sur le buffet, des serviteurs en maillot de bain firent rouler le gramophone du président jusque sous la verrière. L'un d'eux remonta le ressort de l'appareil à grands coups de manivelle, tandis qu'un autre disposait le vinyle sur la platine et mettait en contact le diamant avec l'extrémité de la galette. Quelques notes s'échappèrent du pavillon et toute l'assemblée se figea ; c'était le dernier air de *bebop* à la mode. Les têtes oscillèrent en chœur, les bras bougèrent en rythme, et lorsque le gramophone cracha le refrain « Qui a peur du Grand méchant Loup ? », tous hurlèrent d'une seule voix « C'est pas moi, c'est pas moi ! »

De nombreux airs connus furent ensuite joués, et les convives s'époumonèrent et dansèrent jusque tard dans la nuit. Axel, impressionné par le faste et l'euphorie d'une sauterie telle qu'il n'en avait jamais vu, se retira pourtant vers deux heures du matin. Il traversa la capitale au volant de sa *wolfmobile* et ne put s'empêcher de caresser sa médaille durant tout le trajet. Arrivé à Bastille, il prit l'ascenseur de la tour, s'introduisit dans son petit appartement et se glissa discrètement dans un lit où ses chiens dormaient déjà.

Éméché comme il l'était, il ne tarderait pas à sombrer, mais juste avant, comme ça, furtivement, il repensa à Elvire et regretta qu'elle n'ait pas souhaité effectuer un plus long chemin avec lui dans sa nouvelle vie.

32.
Une pensée pour le passé

Dans l'optique de ne plus penser à Axel et à son départ fantomatique, Elvire s'était enfermée au Museum afin de poursuivre ses travaux sans relâche. Ce soir encore, à vingt-deux heures passées, elle s'entêtait à relire le papier qu'elle soumettrait à ses pairs. Le revers qu'elle avait subi dans la presse avait eu l'intérêt d'interpeller la communauté scientifique et des recherches pluridisciplinaires avaient été engagées. Associée à des généticiens, des biologistes, des naturalistes, elle avait étudié, analysé, testé. Les résultats étaient formels : les métamorphoses apparaissaient bien sous le coup d'émotions trop fortes, de frustrations à ne pouvoir les communiquer socialement. La transformation en tel ou tel animal demeurait aléatoire et dépendait davantage de la personnalité et de l'affect ingérable dont l'individu était atteint. Mais ce qui était certain, c'est que loups, hyènes, panthères, ou autres sauvages n'étaient bien qu'une seule et unique chose : des hommes sortis du bois, celui d'où ils avaient été oubliés, celui-là même où ils n'avaient pas été entendus, compris, rassurés ou aimés.

À défaut de pouvoir réaliser des tests grandeur nature, des expériences avaient été effectuées *in vitro*. Sur la base de nouveaux échantillons de peaux, de griffes et de poils, elle avait découvert que de simples caresses, lentes, douces et sincères pouvaient stopper les métamorphoses. De là à les inverser, c'était un autre problème qu'elle devrait résoudre. Il y avait encore tant à faire, et Elvire se sentait lasse. Cajoler des échantillons avait été à sa portée et à celle de ses collègues. Mais pouvait-on, sans ressentir le dégoût ou la peur, caresser et aimer des transformés ? Elle y croyait, bien sûr, mais n'était plus certaine d'en être capable aujourd'hui. Et les hommes, les autres, le pourraient-ils ? Les métamorphosés ne sont que des ombres, les nôtres, et qu'y-a-t-il de plus complexe que de prendre soin de son reflet au point de vouloir tout lui donner ? Elvire repensa à Axel. Pouvait-elle tout simplement aimer ? S'étaient-ils amourachés à cause de cette affaire de loups ou était-ce cela qui les avait séparés ? N'avait-il rien compris ? Peut-être que c'était elle après tout. Car bien au-delà de toute cette histoire, elle les avait tellement aimés les bras d'Axel ! Elle y avait goûté avec délice à cette relation, tendre, passionnée, furtive aussi. Elle était une part de lui, et lui était une part d'elle. Et pourtant… Elle n'avait su se dévoiler, accepter, et vivre, au risque de se voir un jour abandonnée, à nouveau, par des hommes, par des loups, par Axel. Quelle ironie ! Elle prônait de l'amour pour chacun quand elle-même s'était sentie incapable d'embrasser les cicatrices de l'être aimé.

Son regard s'était échappé de son ordinateur. Elle ne lisait plus désormais, laissant vagabonder ses souvenirs : des instants complices partagés avec Axel ; lorsqu'ils jouaient comme des enfants, ou lorsqu'ils ne pouvaient réfréner leurs corps chauds de se rassasier l'un de l'autre. Elle avait goûté avec délice à ces conversations que l'on ne livre qu'avec les regards, peut-être trop pudique pour se trahir verbalement. Lui n'avait jamais caché ses sentiments.

Elvire tenta une dernière fois de s'accrocher à la relecture de son article, mais elle fut vite rattrapée par un abattement soudain. Les proanimaux vivaient maintenant dans leur propre réalité, une réalité alternative nourrie de passions abstraites, où la rationalité est un ennemi destiné à être cloué au pilori. Pour la première fois, elle prenait conscience qu'il était trop tard. Elle avait échoué, se disait-elle, encore une fois. Et presque instantanément, son esprit la transporta dans sa plus tendre enfance, dans le microcosme de la meute ; d'où elle venait, d'où elle était partie. Là-bas aussi, elle avait échoué.

Sa constante remise en question des choses — l'absurdité du fonctionnement de la horde, son autarcie, son manque de réflexion — avait fini par agacer. D'autant plus qu'elle choisissait de rester différente ; elle refusait de se transformer… Sa seule concession ? Une double paire de canines sur la mâchoire supérieure. Et pourtant, elle avait apprécié son enfance sauvage. Car s'ils ne l'avaient pas écoutée, acceptée ou comprise, ils l'avaient sans doute un peu aimée, à leur façon.

Elvire ne termina pas sa lecture et envoya son papier tel quel avant de se mettre doucement à pleurer. Fatiguée de prêcher dans le vide, elle ne voulait qu'une chose à présent : se blottir dans les bras d'Axel. Mais il était trop tard. Il s'était transformé en un personnage froid et sans âme, automate d'un monde que lui-même n'avait pas souhaité. Et elle, qui était-elle ? Que cherchait-elle ? La vérité, bien sûr. Là demeurait son combat. Mais quelle vérité ? Elle repensa à ce qu'Axel lui avait un jour soufflé : « moi si j'avais été abandonné par des hommes, je m'intéresserais plus aux hommes qu'aux loups ». Et elle comprenait ce qu'il avait voulu dire à présent : pourquoi ce bébé retrouvé en aval d'une rivière n'avait-il jamais remonté le courant une fois que ses jambes pussent lui permettre de le faire ? La seule vérité qu'elle cherchait était celle de ses origines.

33.
Au QG des animalistes

En ce 21 décembre 202…, le Grand méchant Loup était de retour à Paris. Après avoir parcouru les villes et les campagnes, où à mesure des meetings il avait vu s'effacer le soleil clair dans le ciel, il réapparaissait, auréolé de gloire, pour un ultime rassemblement dans l'arène de Bercy.

Seul dans sa loge, il revêtait le costume qui marquerait son dernier discours : une redingote en poils longs et soyeux, glissant sur ses jambes frêles et non velues. Quand bien même son visage à l'apparence fiévreuse donnait à voir une bouche affamée, il demeurait celui d'un homme, et se montrer ainsi eût pu le desservir. Alors il parcourut du regard les masques à sa disposition et opta pour le plus sobre et paradoxalement le plus impressionnant, celui du chaman : blanc, avec de grandes traces noires qui soulignaient des yeux sévères et une bouche colérique. Il l'apposa sur son visage, et tapi sous ce déguisement qui lui allait à la perfection, se prit à sourire. C'en était presque trop facile ! Durant sa campagne, il n'avait pas hésité à tromper, affirmer mensonges sur contre-vérités, peu importe. Avait-il un programme ? Bien sûr que non. À l'abri dans sa tanière, le Grand méchant Loup avait largement eu le temps de théoriser tout cela : c'est avec l'émotion que l'on gagne une élection ; pas avec des idées. À quoi bon dévoiler des mesures qui n'auraient fait que révéler les contradictions de sa vision : la liberté sous autoritarisme, le retour des beaux jours avec l'exaction des rebelles. Non, il avait tout misé sur l'émotion, parce que c'est brut, indiscutable, et que ça appartient à chacun. Les arguments, les opinions, ça se réfute, s'attaque, se déconstruit par de la pure rhétorique.

Et tandis que le Grand méchant Loup méditait sur son chemin jusque-là sans faute, il se saisit du journal qui traînait sur le rebord de la table et parcourut machinalement les gros titres. Tout tournait autour de l'élection, et l'issue du scrutin semblait bien indécise. La presse se risquait à quelques pronostics, mais à cause des masques, il n'était plus si aisé de connaître les opinions de chacun lisait-on. Le nombre de métamorphosés avait-il continué de croître ? Et qui se cachait sous ce costume-là ? Des animaux enragés ou des Hommes apeurés ? Des attentistes ou des révoltés ? Des questions imprimées en suspens et qui resteraient sans réponse jusqu'au soir de l'élection. Pour le *quidam* tout du moins, car le Grand méchant Loup savait. Il possédait ce pouvoir de sentir ; cet odorat prompt à déceler la bestialité en chacun. Il humait à travers les déguisements de fortune une morosité grise et des cerveaux confus ; le parfum se révélait de plus en plus tenace. Aujourd'hui encore, il pouvait flairer ses partisans dans la salle de spectacle, la sueur âcre. Il pouvait les entendre aussi, trépigner, s'agacer, s'époumonant à scander des slogans animalistes. Il imaginait les drapeaux aux couleurs du parti, balayant l'air et fusionnant les effluves de chacun en une seule odeur, celle de sa meute. Une atmosphère bouillonnante, proche du climax.

Dans la salle, les militants criaient, tapaient du pied, en transe, en crise. Quelques chaises commencèrent à voler. Tous avaient tombé leurs masques à présent. Alors sans plus de cérémonie, le Grand méchant Loup quitta sa loge et fit son apparition sur la scène de Bercy. Des hurlements s'élevèrent, une acclamation incroyable, des corps qui se bousculent, en liesse. Des fantômes excités, débordant d'aspirations martiales aux slogans prémâchés. Leurs dents claquaient, se serraient, grinçaient. La moquette se laissait racler comme un vieux chiffon par des sabots qui ne cherchaient plus à se cacher dans des chaussures trop étroites.

D'un geste sec, le bras tendu, le Grand méchant Loup somma la foule de se taire. Tous cessèrent leur tapage, à l'exception d'un tigre qui, pris dans l'excitation, continuait de rugir comme s'il avait le hoquet. Le service d'ordre le matraqua jusqu'à l'inconscience. Désormais, le silence serait complet jusqu'à ce que le Grand méchant Loup réclame de nouveaux vivats.

— Mes amis, j'ai un aveu à vous faire, déclara doucement l'homme au masque blanc. Nous allons gagner ! hurla-t-il en levant haut les bras.

C'était le signal. Les militants se reprirent à aboyer, mugir, vociférer. Et après quelques secondes de liberté factice, un geste de la main les immobilisa de nouveau. Tous se turent, et cette fois-ci, personne ne moufta.

— Mes chers militants, poursuivit le Grand méchant Loup. Vous n'êtes rien. L'individu n'est rien. C'est ensemble que nous sommes quelqu'un. Seules comptent la meute et la communauté des sauvages ! Et vous êtes de cette race, celle des seigneurs et des guerriers. Alors reproduisez-vous, car vous êtes sains ; procréez, car nous sommes la nouvelle civilisation ! Nos idées sont neuves et les seules valables. À bas la démocratie, abjecte petite vue consensuelle de l'esprit. Votez pour moi ! Propagez la bonne parole, et dites à tous que vous, les petites gens, jamais je ne vous oublierai ! J'userai seul de mon autorité, pour votre bien, dans l'optique de toujours vous satisfaire. Suivez-moi à la trace et enfin, VOUS SEREZ LIBRES !

Clamée du plus profond de son poitrail, cette dernière phrase résonna dans la salle, se réverbérant et s'amplifiant sur des transformés qui ne purent s'abstenir de hurler à la mort. La moquette était foutue à présent. Certains journalistes se laissèrent même embarquer par l'ambiance, adoubant l'homme fort du parti par une série de vivats.

La masse informe frappait désormais de ses sabots sur le sol, et le Grand méchant Loup répondit aux acclamations, à sa manière. Il agita son corps, doucement d'abord, lui laissant du temps avant de se mouvoir franchement, jusqu'à ce qu'il perde pied dans une dimension transcendantale, propre à hypnotiser son public. Alors chacun se prit à l'imiter, à bouger comme un chaman, sans savoir pourquoi, juste pour se défouler. Ce n'était que du tapage, informe, à peine rythmé, une musique sans instruments. Des cris, des claquements, des groins humides qui s'entrechoquent, des museaux épris d'une liberté qu'ils voyaient à leur portée. Les masques jonchaient le sol, signe que leur victoire approchait.

34.
Meeting à Pine d'Huître le Bretonneux

Les conseillers du président étaient bien embêtés. Comment lui dire que l'élection n'était pas gagnée d'avance ? Ne lisait-il pas lui-même les journaux ? Apparemment non. Il était convaincu de son succès et n'avait pas compris pourquoi ses collaborateurs avaient tant insisté pour qu'il fasse des meetings en province. Mais après tout, se déplacer de ville en ville dans un grand autocar n'était pas pour lui déplaire, et tant qu'on lui réservait le siège du fond, il était satisfait.

Ces dernières semaines, le président s'était même pris d'affection pour ceux que ses conseillers appelaient avec condescendance les bouseux. Terme qu'il ne comprenait pas bien, car il n'en avait pas encore vu un seul littéralement ramasser de la crotte. Mais tout de même, que d'aventures ! Il avait été subjugué par la visite d'une ferme et avait découvert des choses épatantes. La taille d'une vache par exemple, c'est énorme ! s'était-il dit au moment même où il caressait la croupe d'une dénommée Marguerite devant les caméras. Puis il avait vu la basse-cour, ce qui l'avait rendu hilare. Que de similitudes avec la réunion interministérielle hebdomadaire ! Et ce dindon, il ressemblait à s'y méprendre au ministre de la Culture et de la Propagande. Oui, cette campagne électorale n'était pas pour lui déplaire, mais elle touchait à sa fin. Et c'est en bord de mer, dans la bourgade de Pine d'Huître le Bretonneux, qu'il tiendrait aujourd'hui son dernier meeting.

Lorsque l'autocar se gara sur le parvis de l'Hôtel de Ville, le président prit son mégaphone et hurla au chauffeur de repartir ; il trouvait l'endroit « trop pourri ». Et il est vrai que, écrasé par un ciel gris et assailli d'une pluie verglacée, le lieu ne semblait pas des plus attractifs. Mais non, ce n'était pas cela.

Le chef de l'État s'en expliqua : il voulait qu'on l'accueille avec un tapis rouge.

Paniqués, ces conseillers tentèrent de le convaincre, ils le supplièrent ; le président n'en démordait pas. Pas de tapis, pas de discours. Fort heureusement, l'un de ses collaborateurs avait toujours quelques vignettes *Panini* en poche. Il en dévoila une rare, celle qui viendrait compléter sa collection des métiers d'autrefois. Ne pouvant résister, le chef de l'État colla l'image dans son cahier et sortit sous la pluie, son indémodable besace en vachette de Kobe sur l'épaule. On lui proposa un parapluie, mais toujours enclin à mettre en avant la normalité normalienne de sa personne, il déclina.

Une foule de badauds était tenue à l'écart, loin de l'entrée. Elle protestait : « Houuu ! Houuu ! » Interloqué par ce bruit étrange, le président pivota vers l'un de ses conseillers et demanda :

— Pouvez-vous m'expliquer pourquoi ces gens font le cri du hibou ?

Mal à l'aise, l'homme fit signe au chauffeur de bus de lancer l'enregistrement d'applaudissements sur les enceintes extérieures avant de répondre :

— Le hibou est un animal nocturne qui voit parfaitement dans la nuit. Cette foule rend hommage à votre esprit visionnaire au cœur des ténèbres.

— Ah oui, c'est fin, c'est poétique… Mais vous ne m'aviez pas dit qu'ils étaient complètement cons par ici ?

Au même instant, les enceintes crachèrent des applaudissements et le conseiller n'eut pas à répondre à cette question embarrassante. Rasséréné par ce fond sonore plus coutumier, le président ne s'interrogea pas davantage et gadouilla avec empressement jusqu'à l'entrée de l'édifice. On le mena à la salle de réception où l'attendaient ses sympathisants ; là, son arrivée princière fut couverte de véritables applaudissements. Il serra quelques pognes et se laissa embrasser par des vieilles qui piquent, avant de sagement s'installer derrière son pupitre pour entamer son *speech*. Une fois encore, son discours s'avéra à un tel point remarquable que personne n'avait rien compris. Un parangon de pensée complexe qui avait subjugué son auditoire. Virevoltant de synecdoques en allégories, son art de la rhétorique s'était hissé au plus haut. Le changement climatique ne s'expliquait ni plus ni moins que par des glaçons qui fondent dans un verre. Le chômage se résolvait par l'aménagement de nouveaux passages piétons. Quant à sa stratégie de géopolitique internationale, il l'avait résumée par la devise des mousquetaires : « tous pour un, un pour tous ! » Puis, il avait exigé que ses militants lavent leurs mains afin de faire circuler son cahier *Panini*. Tous avaient constaté que c'était bien ordonné, organisé, discipliné, le plaçant derechef comme le plus apte à diriger le pays avec méthode.

En guise de conclusion, il avait raillé ses opposants pour ensuite retourner sa casquette et rapper sur une musique de *Billie Eilish*. C'est ainsi que, sous un vivat d'applaudissements, il reprit son cahier d'images pour quitter la salle en faisant le signe V de la victoire.

Une fois à l'extérieur, les acclamations se firent plus discrètes. La pluie avait endommagé le circuit électrique de la sono du bus, et malgré l'insistance des conseillers à fouetter le chauffeur pour que les enceintes crachent de nouvelles ovations, seuls les bruits de hiboux parvinrent aux oreilles du président. S'il fut d'abord charmé par cette coutume champêtre, il se renfrogna bien précipitamment, car des hiboux qui piaillent « trou du cul » entre deux hululements, c'était un peu vexant. Alors d'un pas décidé, il s'avança vers cette colonie d'oiseaux :

— Eh, bande de débiles, un peu de respect ! Déjà que je viens dans votre patelin tout pourri. En plus, il pleut. *J'suis* trop soulé !

— Casse-toi, *pôv* con, protesta un homme caché parmi les manifestants.

— Ah ouais ? dit le président. *Do you want I go back in my autocar?*

La foule n'étant pas bilingue, elle n'avait rien trouvé à répondre, et face aux grimaces que le chef de l'État s'était empressé de faire, elle était devenue mutique. Tandis qu'il s'en retournait satisfait vers l'autocar, le président se dit que, une fois encore, il s'était dépêtré d'une épineuse situation grâce à son génie et certainement pas avec l'aide de ses collaborateurs. Sans même jeter un regard sur ses conseillers qui attendaient sous la pluie, il déclara : « Vous êtes tous virés ! »

Il monta seul dans le bus et fit signe à son chauffeur de démarrer, laissant ses hommes sous la bruine glacée de Pine d'Huître le Bretonneux. Comme à son habitude, il s'installa à la place du fond et mit son casque sur les oreilles pour écouter de la musique cool et s'isoler encore un peu plus du reste du monde.

35.
Une Saint-Sylvestre aux couleurs de Saint-Barthélemy

Accoudé à la rambarde du balcon de la colonne de Juillet, Axel observait les nuages bas et la lumière qui ne filtrerait bientôt plus au travers. Les derniers rayons de l'astre sombre se reflétaient sur une neige immaculée qui avait envahi les rues de Paris. En proie à une forme de mélancolie, Axel contempla le crépuscule, ce temps de latence que l'expression populaire nomme « entre chien et loup ». Ce dicton avait-il encore un sens ? Et lui, Axel, avait-il encore un sens ? Il se sentait seul, terriblement seul, fatigué, le cœur entaillé de fines lames de rasoir, et le ventre gonflé de mets trop délicats, ingurgités à l'aide d'un entonnoir. Il ne restait pour lui que les honneurs. Était-ce cela le pouvoir ?

Heureusement, ce soir, il aurait l'esprit fort occupé et n'aurait pas à se soucier de ces questions existentielles. Depuis le haut de la colonne, il regardait se mouvoir les gens, le crâne vissé de masques aux couleurs plus brillantes qu'à l'ordinaire. Oui, c'était la Saint-Sylvestre, et à minuit, lorsque les douze coups résonneraient dans le ciel, les résultats de l'élection présidentielle seraient annoncés. Tous semblaient insouciants, sauf Axel, qui songeait avec détresse à la sombre nuit qui l'attendait. Une Saint-Sylvestre aux couleurs de Saint-Barthélemy en somme, avec un homme et ses six chiens pour unique dispositif de sécurité.

Il quitta son balcon et rentra se couvrir chaudement en prévision de sa maraude. Elle se poursuivrait sans doute jusqu'au matin. Il enfila par-dessus son costume une tenue adaptée : un pantalon de cuir tanné, son éternelle veste en peaux de loups, ainsi qu'une paire de moufles en poils de panthère retournés. Puis, il ouvrit un immense sac, y chargea armes et victuailles, et glissa un couteau dans sa botte. Il était prêt. Il entra dans la cage de l'ascenseur de verre, siffla ses compagnons, et tous se précipitèrent avec enthousiasme dans la cabine. Une fois au pied du monument, Axel constata l'importante masse de neige qui était tombée. Il s'affaira donc à préparer son traineau, tandis que ses chiens gambadaient et pissaient au pied de la colonne de Juillet. Faire construire cet engin à l'approche des jours les plus froids s'était avéré être une idée perspicace. Il en affûta les lames, vérifia les sangles, et chargea son immense sac à l'arrière. Il plaça ses chiens en deux sections, les huskys en tête, et tous furent affublés d'une clochette destinée à marquer son passage dans les artères de Paris.

Axel grimpa sur le traineau et, d'un léger mouvement opéré sur les rênes, le fit délicatement glisser en direction d'une rue de la Roquette bondée. Les costumes chatoyants contrastaient avec la blancheur de la neige tombée sur le sol, et l'ambiance semblait détendue. Mais n'était-ce pas là tout l'art de la fête ? Masquer les personnalités, gommer les différences. Et si certains excellaient en ce domaine, ce ne serait sans doute pas suffisant cette fois-ci.

Arrivé place Voltaire, Axel manœuvra en direction de l'avenue Parmentier avant de bifurquer rue des Trois Bornes. Malgré le froid, les devantures des débits de raisins fermentés étaient joyeuses et animées. L'allumeur de réverbères achevait d'illuminer les trottoirs, des enfants faisaient exploser des pétards de couleurs, tandis que des adolescents desserraient une bouche à incendie dans l'espoir que l'eau projetée puisse geler et leur offrir un immense toboggan de glace. Les vieux, accoudés aux comptoirs des tripots, astiquaient leurs antiques tromblons à douze coups, dont ils se serviraient à minuit pour marquer cette nouvelle année. Se pouvait-il qu'il y ait des loups prompts à s'amuser derrière ces masques joyeux, pansant par la fête leurs dessins embrumés ? Axel circula ainsi des heures durant, des grands boulevards à la Concorde, des abords du périphérique à la colline de Montmartre. Il poursuivait sa route et ne vit que des ombres qui se laissaient aller aux joyeusetés avec nonchalance. Peut-être ne s'inquiétait-il pour rien après tout.

Aux abords de la gare de Lyon, on avait allumé de grands feux, et tout autour, des masques dansaient en cercle, hurlant mantras obscurs et incantations. Des prières à l'Univers, auxquelles Axel ne croyait franchement pas. Mais las de sa maraude, de sa solitude, et en manque d'une tendresse qu'il ne pouvait même réclamer à ses chiens, il fut presque jaloux de ne pouvoir se laisser aller à danser avec ces inconnus. Il se résigna pourtant à poursuivre son devoir de l'autre côté de la Seine.

À l'approche de minuit, il déambulait dans le Quartier latin, le traineau glissant au cœur d'une foule compacte. De Cluny à la place Saint-Michel, la fête battait son plein et les masques s'agitaient dans une euphorie presque irréelle. Tous semblaient en transe, prompts à écouter les douze coups, des œillères sur les yeux.

Les cloches de Notre-Dame commencèrent à s'affoler et les protagonistes se figèrent devant l'exactitude de ce gong qui les mènerait sans ambages à l'année suivante. À l'instar de la foule, Axel s'était tu, comme gelé par une bourrasque de glace, laissant l'écho de la cathédrale résonner sur les façades des immeubles haussmanniens. Le septième son de cloche sembla chauffer son cœur, le huitième coup le réveilla, le neuvième le heurta. On n'évite pas l'inéluctable, et dans trois secondes, plus rien ne serait pareil, se dit-il. Quel avait donc été le point de non-retour ? Au dixième coup, l'image d'Elvire s'imprima dans son crâne. Au onzième, son fouet claquait au sol. Il fuyait.

Ne savait où ni pourquoi. Au douzième coup, clameur d'effroi. Allégresse, cris, hurlements ! Les masques volaient dans le ciel, signe que le Grand méchant Loup avait gagné l'élection.

Axel prit le boulevard Saint-Germain et, à l'angle de Maubert, élança sa meute dans la rue Monge. Mais la conduite de l'engin lui échappait, le véhicule zigzaguait, sans doute à cause des chiens de tête. Nerveux, agressifs, ils se chamaillaient sur la route à prendre et se retournaient pour mordre les oreilles de leurs congénères inquiets et soumis. Le son des clochettes autour de leur cou semblait les rendre dingues, et le lévrier rongeait déjà ses sangles dans l'espoir de pouvoir s'échapper. Passé Cardinal Lemoine, la meute refusa d'avancer davantage, désireuse de reprendre son serment d'allégeance. Axel détacha ses anciens obligés et, un peu amer, effectua ses premiers pas dans la neige. Les scènes de liesse avaient dégénéré : était-ce là des hommes qui dévoraient un loup ? Et dans cette vitrine, ce visage bouffi et presque gras, était-il le sien ou celui de son père ? La noirceur de la nuit l'empêchait de voir, alors il poursuivait son chemin, s'interrogeant sur le degré de confiance qu'il pouvait encore accorder à ses sens.

Il ne savait toutefois où il allait, ne savait ce qu'il fuyait, et au 49 de la rue Monge, il se stoppa net. Comme tiré par un fil invisible harponné dans son cœur, il passa le porche pour pénétrer dans les anciennes arènes de Lutèce. À la lumière de la lune, il constata qu'il n'était pas seul. Des ombres errantes faisaient une ronde silencieuse au milieu d'un désert de glace qui recouvrait le sable. Le visage pétrifié de masques de cire, elles avançaient, rôdant sans but dans l'enceinte, d'immenses draps noirs habillant leur corps. Ni transformées ni humaines, honteuses de devenir ce qu'elles ne voulaient être, ces chimères grognaient, renâclaient, se mouvaient dans des gestes brusques et imprécis, apeurées de la métamorphose qui s'opérait contre leur gré.

Axel fut happé par ce tourbillon de corps ; il se prit à danser en cercle avec les ombres. Et l'espace d'un instant, il se sentit partir, soulagé, apaisé d'un poids. C'est alors qu'il fut violemment bousculé au centre de la ronde par une masse sombre.

— Bonjour Grand louvetier de France, grogna la chimère.

Axel reconnut l'animal à sa démarche molle et son œil torve. Sa mue avait encore progressé, et s'il refusait de se transformer, il se révélait désormais plus proche de l'ours que de l'homme.

— Bonjour Chenu, répondit sobrement Axel.

Le brigadier n'existait presque plus, le museau allongé, les oreilles relevées, avec de petits yeux qui s'enfonçaient au cœur du crâne. Il avança sa large carrure en roulant ses épaules et vint se placer au centre de la danse.

— Vous êtes toujours dans le refus d'accepter votre transformation ? demanda Axel.

L'ours se secoua de rire dans une convulsion :

— Savez-vous seulement ce que vous faites ici ?

Axel n'en avait aucune idée, alors il se tut. Et à la lueur de la lune, il prit conscience que la mue de son ancien brigadier prenait fin. Il n'avait su choisir un camp ; un camp s'était imposé à lui. Dans un râle étouffé, l'animal demanda :

— Suis-je si repoussant ?

— Pardon ?

— Suis-je si repoussant que ça pour que vous ne m'ayez jamais tendu la main ?

— Non, ce n'est pas ça, protesta Axel.

— Mais alors quoi ?

— Je n'ai jamais su vous cerner.

La bête grogna et Axel prit cela pour un rire cynique.

— J'étais juste triste. C'était si difficile à voir ?

— Peut-être, répondit Axel penaud.

Envahi de douleur et de colère, le brigadier tenta de répliquer, mais seul un râle sortit de sa bouche. Sans dialogue, il n'existait plus, et l'ultime touche d'humanité qui résidait encore en lui disparut avec la lueur de ses yeux.

Axel, épris de remords, songea un instant à se laisser dévorer. C'est pourtant d'une main ferme qu'il sortit le pistolet de son colt, arma, pressa la gâchette de son pouce, et replia l'index sans trembler. Une balle vint se ficher dans le ventre de l'animal qui s'effondra sur le sol, pétrifiant d'effroi les chimères alentour. Passé cet instant de latence, la ronde se brisa et les danseurs quittèrent les arènes à la hâte. Ne restait là que la dépouille d'un ours, dont le sang trouait lentement la glace. Axel s'écroula à genoux, caressa le visage de la bête, y frotta son propre visage et, le nez sur le sol, lécha la flaque vermeille avant qu'elle ne réchauffe le gel et disparaisse dans le sable.

Exténué, perdu, il défourra le couteau fiché dans sa botte et ouvrit le ventre de l'animal depuis le nombril jusqu'au cœur. Il plongea ensuite ses mains dans les entrailles de la bête pour en sortir mollement les organes. Il en croqua certains, en jeta d'autres, et lorsque l'ours fut vidé de l'intérieur, il se glissa dans la panse encore chaude de son ancien brigadier, d'où il versa quelques larmes silencieuses en position fœtale.

36.
Elvire remonte la rivière

Elvire marchait, l'esprit presque apaisé, certaine de son choix et de ses attentes. Elle avait fui Paris. Plus rien à y faire. On ne raisonne pas la bile, la hargne, la fureur. Et là-bas, le temps était à l'exutoire.

Elle avait traversé le pays, parcourant les bois, sur les chemins de son enfance. Se repérer dans la forêt n'était plus si simple, mais à force d'insistance et de détours, à crapahuter dans la neige, elle était parvenue jusqu'à la tanière de sa meute : un creux dans la roche, au bord de la rivière. Juste ça. Une niche où la horde se pelotonnait les soirs d'hiver, se réchauffant les uns contre les autres. Un espace étroit, bien plus modeste que dans ses souvenirs, où elle avait manqué de tout, à part peut-être d'un peu de tendresse. Mais peut-on faire confiance à sa mémoire quand la majeure partie des cellules qui les retient dans notre corps n'existe plus ? s'interrogea-t-elle en bonne scientifique.

À examiner les ruines de son enfance, elle se prenait à douter. Avait-elle été chassée ou avait-elle fui d'elle-même ce cloaque sans avenir ? Les siens n'étaient plus et ça sentait l'urine. La question demeurerait à jamais en suspens. C'est souvent ça le passé.

Mais d'autres réponses se situaient plus en amont de la rivière. Alors pour la première fois, elle voulut connaitre la vérité, la vraie. Pas pour la multitude, juste pour elle. Celle qui pourrait peut-être apaiser ses cicatrices intérieures. Celle de ses origines.

Le soleil dans le dos, elle suivit instinctivement son ombre et remonta le courant. C'est ainsi qu'elle parvint au Village.

37.
Des barreaux en carton-pâte

Après avoir longtemps pleuré, Axel s'était assoupi dans le corps encore tiède de son ancien brigadier. Exténué, fatigué à l'idée même de penser, il n'aspirait qu'à dormir. Mais au petit matin, il fut réveillé par la milice animaliste qui l'extirpa de son cocon sans ménagements. Axel comprit aux grognements de ces loups vêtus de cuir qu'il était en état d'arrestation.

On le menotta à l'arrière d'une fourgonnette aux couleurs du parti, et c'est ainsi qu'il traversa Paris. Le véhicule glissa depuis le sommet de la rue Monge et dérapa rue Lagrange pour longer les quais de Seine, où un froid glacial et permanent rafraîchissait la capitale.

Il fut ensuite escorté sur une île de la Cité débordante d'activités. Le Palais de justice fourmillait : des masques entraient, quelques animaux en sortaient. Sur le parvis, des ouvriers construisaient une potence. Ici, des sangliers arboraient des bijoux dérobés dans les beaux quartiers ; là, des hyènes se moquaient d'une femme qu'elles avaient tondue. Une scène surréaliste, apocalyptique, alors qu'un jour avant, *juste un jour…*

On installa le Grand louvetier déchu dans une cellule spartiate, mais relativement propre et confortable — sans doute eu égard à ses anciennes fonctions. Il bénéficiait d'une banquette pour dormir, de toilettes, d'un bureau ; et comble du luxe, quelques rayons de soleil traversaient une minuscule fenêtre à barreaux pour s'écraser sur un miroir venu illuminer la pièce. Mais Axel se moquait bien de cette prévenance. Il attendait un procès ; il attendait la potence, comme tous ceux qui avaient servi l'ancien régime.

Il prit néanmoins le temps de s'observer dans la glace, et il lui sembla que sa vue avait baissé ; il peinait à distinguer les traits de son visage, comme enfouis dans du beurre et sur le point de disparaitre. En contrepartie, d'autres sens s'étaient développés. Son nez mêlait les effluves de pisse et de bouffe pour lui conter des histoires. Son ouïe aussi, elle se précisait chaque jour.

Aux premiers temps, il n'avait perçu qu'un indistinct brouhaha de grognements, de pas, de bruits… Mais à force de concentration, il était désormais capable de discerner quelques conversations. Celle de ses geôliers d'abord, et c'est ainsi qu'il comprit ; s'il n'était déjà au bout d'une corde, c'est que son cas faisait débat. Il était à présent l'un des leurs : un loup au pelage sombre, entiché d'un étrange costume aux médailles en guise de grelots.

Bien sûr, Axel avait remarqué la pilosité sur ses membres ; mais ce qui aurait dû l'effrayer ne l'atteignait plus guère désormais. C'était sans doute cela se transformer. Ne plus sentir la douleur. Agréable ivresse sans souffrance. Y avait-il une quelconque vanité à s'efforcer de rester homme ? Parce qu'après tout, s'obstiner à demeurer n'est peut-être qu'une longue histoire sans lendemain.

Dans l'attente d'un jugement sommaire, Axel s'occupait, aspergeant le miroir d'eau, pour qu'au petit matin, les faibles rayons qui illumineraient sa cellule se transforment en un arc-en-ciel qu'il tenterait d'attraper de sa maigre patte. Lorsque le soleil sombre récupérerait sa lumière, il cesserait tout bonnement de jouer, et l'oreille tendue, désormais propre à entendre les murmures de la ville, il s'enquerrait des nouvelles.

Que chuchotait-on aujourd'hui en face du Palais de justice ?

Les scientifiques du Muséum d'Histoire Naturelle avaient été arrêtés et accusés de complot contre le nouveau régime. Un fait somme toute banal en ces temps difficiles. Alors pourquoi l'avait-il heurté ? Ce n'était pas grand-chose, bien sûr, juste un coup venu toquer à sa poitrine. Mais dans l'instant qui suivait, il ressentait le froid. Comme si son corps se réveillait. Comme s'il désirait revoir les beaux jours. Comme s'il en avait assez de subir la glace, la neige. Il voulait des jonquilles, des bourgeons, des cerisiers en fleurs. Son cœur toquait à présent sans relâche dans son torse. Le Muséum saccagé. Les scientifiques arrêtés. Pourquoi cette insignifiante nouvelle lui faisait-elle si mal ? Son esprit embrumé s'éveilla pour tenter de comprendre.

C'est alors qu'une image s'imprima dans son crâne : Elvire ! Surgissant de nulle part ! Un prénom, un visage, un sourire. Des yeux, beaux, sauvages, une crinière. Elvire ! Elle lui avait soufflé sur le cœur et l'avait réveillé. Il prenait conscience à présent : jamais elle n'effacerait ses cicatrices, et lui seul pourrait le faire. Il souffrait, mais il était en vie. Il l'aimait et voulait la rejoindre. C'était ça son désir. Tout à la fois. Affronter son passé, guérir, l'embrasser. S'enfuir.

D'un bond sur la table, il fit face à la fenêtre et s'agrippa aux barreaux. Il découvrit alors avec stupeur que ce qu'il voyait fait d'acier n'était en fait que du carton-pâte. *Plus d'excuses, sa liberté ne dépendait que de lui-même.* Le cerveau en furie et le corps tremblant, il démonta les barres une à une, puis avança sa tête, contorsionna ses épaules et, un instant en équilibre, griffa ses pattes arrière sur la paroi de sa prison pour se propulser vers l'extérieur. D'un bond, il était dans la rue et une pensée lui vint : s'il ne s'était transformé, jamais il n'aurait pu passer cette lucarne si étroite. *Étrange paradoxe, n'est-ce pas ?*

Il prit la direction du Muséum, s'enfuyant à l'heure du couvre-feu dans un Paris servile, ne croisant que des âmes égarées qui couraient se mettre à l'abri. À la tombée de la nuit, les oiseaux ne chantaient plus, et seuls les bruits de bottes résonnaient encore dans la capitale. Ce n'était plus sa ville, ce n'était plus son monde. Il progressait dans le 5ᵉ arrondissement, le nez sur le bitume, dans l'espoir de retrouver Elvire, inquiet, pour elle, parce qu'il l'aimait. Et à l'approche du Muséum, des effluves vinrent percuter ses narines, douces comme de la soie, fraîches comme des fleurs des champs : c'était elle.

Il renifla le sol avec ardeur, slaloma, bifurqua, traversa le 13ᵉ arrondissement. Oui, elle avait fui Paris à temps. Et c'est ainsi que, le nez sur le trottoir, Axel franchit le périphérique. Il s'échappait de la capitale, vers les brumes de son passé, le néant de sa jeunesse, et les bras d'Elvire.

Ses émotions — désir, tristesse, colère — tout se bousculait. Il se mit donc à courir, cramant ses pattes, le feu dans tous ses membres. Ce n'est qu'à l'approche de la forêt de Fontainebleau qu'il ressentit une sorte d'épuisement. Alors il se recroquevilla au pied d'un arbre et sombra dans un sommeil aux rêves étranges, parsemé d'envies et d'amertume.

38.
L'arrivée au Village

Elvire remontait la rue principale du Village. Les pavés avaient été saupoudrés de sel, ce qui l'empêchait de glisser sur le sol de cette artère aménagée au droit de la montagne. Tout était désert, et les volets étaient clos. Peut-être à l'image de ce qu'elle était venue chercher, se dit-elle. Mais à l'approche du sommet, là-haut, elle entendit des voix et se hâta de les rejoindre. Le village entier semblait s'y être réuni. Au cœur de la place, un énorme bonhomme était vêtu d'une doudoune usée et d'une chapka grise aux oreilles relevées. Il hurlait des ordres que ses concitoyens effectuaient avec indolence. À l'image d'un chef d'orchestre, il assignait les tâches de chacun par de grands gestes : les uns installeraient des guirlandes, les autres allumeraient les feux. Sa compétence à lui ? Diriger, semblait-il. Un homme autoritaire, faisant la chose sans finesse, tout en s'empiffrant de chips.

Émerveillée par les lumières et la neige étincelante, Elvire réalisa tardivement que plusieurs personnes l'observaient du coin de l'œil, non sans une touche de suspicion. Alors elle s'approcha d'une femme d'une soixantaine d'années qui disposait avec soin des bougies sur les tables.

— Bonjour, dit-elle poliment. Vous préparez une fête ?

La vieille Aglaé toisa l'étrangère et, troublée par le sourire d'Elvire, se radoucit un peu.

— Oui, c'est la fête des bougies, répondit-elle
— Ah, je ne connais pas. Ça consiste en quoi ?
— Attendez, dit-elle comme préoccupée.

Elle prit un sceau dans ses mains, sortit un énorme sein de son corsage, et posa son mamelon sur le rebord de l'ustensile. Du lait se mit à couler par petits jets, sans même qu'elle n'ait besoin de se presser la poitrine. Elle parut soulagée et poursuivit :

— Vous n'êtes pas d'ici, je me trompe ?

— En effet, balbutia Elvire. Je fuis Paris, je fuis les loups…

— Voyez avec le maire, répondit-elle sèchement.

Et tandis qu'Aglaé rangeait son mamelon qui avait cessé de couler, elle lui désigna le gros bonhomme à doudoune. Elvire remercia la femme, étonnée par ce qu'elle venait de voir, et accosta timidement le chef du village qui remplissait son gosier d'une nouvelle poignée de chips. Surpris, il sortit une écharpe tricolore de sa poche et s'essuya la bouche.

— Oui, c'est pour quoi ? demanda-t-il comme s'il était dérangé en pleine activité.

— Bonjour. Je… cherche un logement loin de Paris, dit-elle maladroitement, et on m'a parlé de ce village perdu…

— Perdu ? s'indigna-t-il. Mais il est répertorié sur toutes les cartes du canton !

— Oui, pardon, s'excusa Elvire. Je voulais dire isolé… Bref, je cherche un logement.

Des villageois qui partaient, il y en avait chaque année, mais des gens qui souhaitaient s'installer, c'était bien la première fois. Alors le maire fit mine de réfléchir avant de lui proposer l'une des nombreuses habitations vacantes, dans le hameau des Pastorel, en contrebas du village. Elvire se montra vivement intéressée, et c'est ainsi qu'ils s'éloignèrent sans ambages visiter ladite maison. Chemin faisant, le gros bonhomme lui précisa qu'il s'agissait en fait de son propre logement, mais qu'il bénéficiait maintenant d'un studio de fonction au cœur du village et n'en avait plus guère l'utilité. Sur ce, comme pour donner davantage de prestance à sa réussite personnelle, il entreprit de rouler les épaules.

Pourtant, devant la maison, son arrogance s'était effritée. Le front plissé, le regard dans le vide, son expression avait changé.

— J'y ai aussi de mauvais souvenirs, c'est pour cela que je ne viens pas souvent, dit-il.

Il souleva un pot de terre, se saisit de la clé cachée dessous, et ouvrit la porte d'entrée en s'excusant par avance de la vétusté des lieux. Il est vrai que les meubles étaient recouverts de draps et que les murs paraissaient décrépis, mais Elvire confirma son intérêt d'un simple signe de tête. Alors, presque à regret, le maire expédia la visite : une cuisine, une salle de bain, un salon, deux chambres à l'étage. Et tandis qu'il rajustait sa chapka avant de discuter loyer, Elvire le prit de court :

— Un bébé abandonné dans les eaux de la rivière, il y a vingt-huit ans, cela vous parle ?

Le maire blêmit et perdit toute contenance.

— Qui êtes-vous ? demanda-t-il.

— Disons que j'ai vingt-huit ans…

Le gros bonhomme baissa la tête et ferma les yeux. Le sourire contrit, la bouche pincée, il ne put qu'articuler :

— Bonjour Elvire.

Elle ne s'attendait pas à une réponse si directe et fut comme étourdie par le coup. Elle voulait parler, mais s'en sentait incapable. Elle voulait l'interroger, répliquer, mais avant même qu'elle ne formule une question, une autre bousculait la précédente dans sa tête. Elle était donc originaire du Village.

L'homme rajusta les pans de sa doudoune, mal à l'aise face à ce silence qu'il interprétait comme un reproche. Il enchaîna :

— Je me souviens de ce jour comme d'aujourd'hui, lorsque le Gourou t'a déposée sur les eaux.

— Pourquoi ? murmura Elvire.

— En sacrifice aux dieux…
— Et mes parents ?
— Ils étaient morts de faim, poursuivit le maire. C'était pendant la Grande Famine. Certains avaient pris le parti de quitter le Village, disparaissant dans la nuit, ne revenant jamais. Les autres, faméliques, sombraient lentement dans la folie ou décédaient. C'est à cette époque que les premiers loups sont apparus. D'abord timides et solitaires, en quête de poubelles à éventrer, ils se sont vite regroupés en meute pour s'attaquer à notre bétail. Et quand les cheptels furent décimés, ils s'en prirent aux hommes.

Elvire fixait le maire qui ne la regardait plus, parlant pour lui-même et soulagé de conter son histoire.

— Nous étions désemparés et n'avions plus qu'une obsession : nous remplir la panse. Car personne ne peut s'imaginer ce qu'est la faim sans l'avoir éprouvée. Ce truc, ça vous tiraille le ventre ; ça le tord de peurs et de douleurs ! On ne peut s'y soustraire, ne serait-ce qu'une seconde… Le Gourou n'eut aucun mal à nous convaincre de sacrifier l'un des nôtres. Tu étais orpheline et vouée à mourir de faim. Alors j'ai laissé faire, l'estomac creux et le cœur plein d'espoir. Je n'ai compris que trop tard : par ce geste, nous nous étions condamnés.

Les mains tremblantes et le regard embué, le maire tenta d'ajouter quelque chose, avant de se raviser et de s'enfuir sans réclamer de loyer. Elvire était tétanisée, perdue, comme matraquée par son passé. Ses parents ne l'avaient pas abandonnée, ils étaient morts de faim. Les loups ne l'avaient pas dévorée ; à leur manière, ils lui avaient donné de la tendresse. Elle en prenait conscience à présent : derrière toute cette tristesse, il y avait eu un peu d'amour. Pourrait-elle aujourd'hui réécrire son histoire ?

C'en était trop, et une fatigue soudaine vint mettre un terme à tous ces questionnements. Elle monta les escaliers et ouvrit la première porte. C'était la chambre d'un enfant. Elle s'allongea sur le lit étroit sans prendre la peine de se glisser sous les draps. Demain, elle irait à l'épicerie, se dit-elle avant de sombrer presque instantanément.

39.
Sur les traces d'Elvire

Axel galopait dans la brume. Le jour, sous un pâle soleil sombre qui rechignait à monter haut dans le ciel. La nuit, lorsque la lune réapparaissait de derrière les nuages. L'odeur d'Elvire devenait de plus en plus nette. Il n'avait plus besoin de coller son museau sur le sol et se contentait de humer l'atmosphère. Il explorait les forêts, imprimant la neige de ses pattes. Il traversait les rivières à gué ou, lorsque c'était possible, en patinant sur la glace.

Quelque chose le troublait pourtant. Il avait la sensation d'avoir déjà parcouru ce chemin. À mesure qu'il se rapprochait d'Elvire, il se rapprochait de son passé et du village de son enfance. Ce lieu, si commun à toutes les campagnes, et néanmoins le sien. Petit atome perdu autour duquel gravitent des habitants convaincus d'être là au centre de l'univers. Un univers qu'ils ne manquaient pas de remercier lors de cérémonies absurdes, dirigées par un tyran de la bienpensance. Un village aux contours nébuleux, plus proche d'une allégorie grotesque que de la réalité. Son village.

C'est ainsi qu'un jour, il l'aperçut au loin, depuis le flanc nord du pic de l'oubli. Avec bien peu de détails, c'est certain, mais il pouvait se souvenir : l'effet des montagnes qui oppresse les maisons, les murailles, les hameaux éparpillés, le temple et la mairie rivalisant de hauteur… Axel était tétanisé, partagé entre le désir de répondre à cette force destructrice, prête à sortir de son poitrail pour dévorer sa jeunesse, et l'entêtante odeur d'Elvire venue atténuer sa douleur. Il tergiversait, également conscient qu'à descendre ainsi métamorphosé au Village, on l'accueillerait par des salves de tirs.

À la nuit tombée, la lune surgit de derrière les montagnes, faisant scintiller la neige sur les pentes du pic de l'oubli. Axel ne pensait plus à rien désormais. Il n'avait plus peur des loups, car il était l'un des leurs. Il ne voyait plus leur colère, tout juste leur tristesse. Alors, devant l'immensité du spectacle qui reflétait le miroir de son cœur, il courba l'échine vers le ciel, et hurla à la mort une longue plainte déchirante avant de s'endormir, bousculé par des bourrasques, la voix presque aphone ; le froid faisait trembler ses os.

40.
Éternel débat

Elvire se réveilla d'un lourd sommeil qui aurait pu durer cent ans. Le pâle soleil sombre éclairait la chambre où elle s'était endormie, et dans ce temps de latence où les yeux demeurent dans le vague, elle ne reconnaissait pas les lieux. Alors elle respira simplement et enfouit sa tête dans l'oreiller avant que sa mémoire ne vienne lui exploser à la gueule : elle était au Village, ce village de fous qui l'avait abandonnée aux eaux de la rivière. Le discours du maire l'avait bouleversée : la détresse des habitants, l'évocation de la faim, la peur des loups. Elle aurait dû tenir rancune à tous ces gens, et étrangement, seul le Gourou était responsable à ses yeux. Il avait profité de la crédulité et du désespoir des villageois pour assoir son autorité, les laissant crever de faim, au point de leur faire accepter l'impensable ! Les autres, elle ne leur en voulait point. Elle avait même envie d'apprendre à les connaitre, et pourquoi pas de les aimer.

Elvire avait froid, sur sa peau, à l'intérieur, elle se sentait glacée. Alors elle fonça dans la salle de bains, se déshabilla et se glissa sous une pomme de douche au crachin bouillant. Elle frictionna son corps plus qu'elle ne le savonna, et laissa la buée envahir la pièce, uniquement attentive au bruit de l'eau venue frapper le sol. Elle voulait un chocolat chaud à présent, pour se réchauffer l'intérieur. Elle sortit donc de la douche, s'essuya, frotta énergiquement ses cheveux qu'elle ne prit pas la peine de coiffer, et s'habilla pour affronter la neige jusqu'à l'épicerie.

Elle cacha la clé sous le pot de terre en quittant la maison, et marqua le sol blanc de ses empreintes. Seuls de maigres flocons volaient encore au rythme des bourrasques, mais le froid, mordant, lui assaillait le visage et les lèvres. C'est ainsi qu'elle remonta la rue principale, la main sur le col de sa veste pour affronter le vent.

Arrivée sur la place du village, Elvire fut étonnée d'y voir un tel attroupement de si bon matin. Alors elle oublia un temps l'épicerie et se mêla à la foule agitée, paniquée. Chacun parlait pour soi et si peu pour les autres. Rumeurs, suppositions ; tout allait bon train. À tendre l'oreille, glanant discours et supputations, elle fut rapidement au fait des événements de la nuit : des hurlements de loups avaient glacé d'effroi les villageois au beau milieu de leur sommeil, et à l'annonce du tocsin, tous étaient venus se réfugier à l'intérieur des murailles.

Le maire tentait désespérément de prendre la parole, criant à l'apaisement. Mais il ne pouvait être entendu, car à cette heure, c'est bien la puissance de la voix qui semblait donner valeur d'argument. Certains voulaient renforcer les remparts, d'autres armer les enfants. Seul le Gourou se montrait silencieux et observait la scène depuis le parvis du temple. Les loups revenaient, se disait-il, une nouvelle famine peut-être, et bientôt tous se remettraient à croire avec ferveur. Et lui, en connexion directe avec les dieux, ne pourrait alors que renforcer son pouvoir, jusqu'à en être béatifié.

Le Ter était perché sur les murailles, plus paniqué qu'à l'habitude, longue-vue en main, à la recherche de l'objet de toutes leurs peurs. Le tavernier avait accouru sans son triporteur à l'annonce du tocsin, et il tournait maintenant dans la neige, suivi par Fernand ; le premier ne sachant que faire s'il n'avait de boisson à servir, le second s'il n'y avait rien à boire. Le vieux Jacques hurlait, pestait contre ce loup, bêche à la main, prêt à passer les murailles pour en découdre. Aglaé restait immobile, les yeux fermés, ne pouvant que se signer devant la nouvelle épreuve que leur imposaient les dieux. Il n'y avait plus de filtre : les anciens ressassaient leurs souvenirs de la Grande Famine, et les plus jeunes écoutaient, Tircis, Amarante, encore plus effrayés, car eux ne pouvaient que supposer la chose.

L'employé de mairie eut alors l'ingénieuse idée de tendre un mégaphone à son patron, dont la voix put enfin prendre le pas sur le brouhaha de la foule. Il décrétait l'état d'urgence : verrouillage des portes du village, création d'une garde municipale et mise en place d'un couvre-feu. Le bar serait fermé, les débats reportés. Sur ce, il distribua aux habitants quelques tranches de bœuf fumé qu'il avait toujours dans ses poches en cas de fringale, espérant les soulager un peu par ce geste.

Incrédule, Elvire assistait à cette scène surréaliste et commençait à douter de ses origines. Venait-elle vraiment de ce village de fous ? Elle avait dormi d'un sommeil de plomb et sa nuit n'avait été perturbée ni par les hurlements ni même par le tocsin. Pourtant, s'il s'agissait bien d'un loup, là-haut dans les montagnes, elle devait leur expliquer à tous, les convaincre qu'ils ne devaient pas le tuer, car une part de lui-même était encore un homme.

Elle saisit le mégaphone des mains du maire, bien décidée à faire entendre la voix de la raison. Mais à peine ouvrit-elle la bouche pour s'exprimer, que tous la huèrent.

— Non, mais pour qui elle se prend l'étrangère ?!

Un peu mal à l'aise, le chef du village tenta un geste d'apaisement pour calmer les ardeurs de ses concitoyens. Il reprit le mégaphone et déclara d'une voix presque timide :

— Elle n'est pas si étrangère. Elle s'appelle Elvire…

Alors, pour la première fois depuis tôt le matin, le silence fut complet, comme si l'une de ces bourrasques glacées parcourant la vallée était venue geler les habitants. Plus personne ne bougeait, les vieux tétanisés, les jeunes interrogeant du regard les anciens. Il n'y avait sans doute rien à faire. S'excuser eût été inutile. Se justifier eût été abjecte.

Elvire restait là, perdue au milieu de tous, sa peine mise à nue, des larmes dans les yeux. Seule la vieille Aglaé s'avança, n'écoutant plus ses pensées, ignorant les remords. Elle caressa la joue d'Elvire de ses mains glacées, puis écarta ses bras avant de les refermer sur le corps de la jeune femme qui éclata en sanglots. Aglaé ne donnait que ce qui lui restait vraiment, ce qu'elle n'avait pu donner à son fils parti trop tôt : un peu d'amour, inconditionnel, cœur contre cœur.

Elvire se laissa cajoler et pleura longtemps, ses larmes se glissant dans le corsage d'Aglaé, déjà souillé par une montée de lait, un sentiment maternel que la vieille femme n'avait pu réfréner.

Le calme revenu, tout aurait pu s'arrêter ainsi, mais les villageois furent rappelés à leur première préoccupation :

— Je le vois ! C'est bien un loup ! Là-bas, adossé à la falaise du pic de l'oubli ! hurlait Le Ter, en équilibre sur les murailles.

41.
L'ultime battue

À l'annonce de Le Ter, les habitants s'étaient agités en tous sens, ne sachant que faire, courant comme des poulets sans tête. Le Gourou s'était avancé pour prêcher et quelques villageois s'étaient agenouillés dans la neige, en soumission à l'épreuve que leur imposaient les dieux.

Le maire, lui, redescendait de ses appartements, un fusil en bandoulière. Il masquait sa panique, cachait son désarroi. Il ne pourrait faire que ce qu'il avait toujours fait : diriger ses hommes, convaincre les habitants de s'armer et de l'accompagner dans les montagnes. C'est ainsi qu'une petite troupe, pourvue de fourches et pistolets, franchit la porte nord du village. Le maire menait la marche sur la pente du pic de l'oubli, en chasse-neige, tandis que tous le suivaient. Le Gourou était là lui aussi, le sourire aux lèvres, à murmurer des incantations. Elvire les talonnait, Cassandre brisée, hébétée, incapable de leur expliquer qu'ils s'apprêtaient à tuer un homme.

La masse avançait, compacte, les villageois serrés les uns contre les autres. Ils ne détachaient plus leur regard de cet animal qui pérégrinait dans la neige, hésitant sur la conduite à adopter, fuir ou attaquer. Il y avait si longtemps que les loups n'étaient plus revenus, et chacun se sentait démuni, ne sachant comment faire, ayant seulement pour souvenir que lorsqu'ils auraient abattu la bête, ils auraient beau crier des vivats, cela sonnerait faux en leur cœur. Le maire à l'avant, le Gourou fermant la marche, les villageois se sentaient prisonniers de ce dragon à deux têtes, les embarquant toujours plus haut sur le flanc de la montagne, les rapprochant de ce loup qui ne montrait pas les crocs. Ils poursuivaient pourtant leur inlassable progression dans la neige. Que pouvaient-ils faire d'autre ? Et lorsque le chef donna ses instructions, tous s'exécutèrent : déplier la colonne, la répartir en largeur, pour coincer l'animal au pied de la falaise où il s'était réfugié. Le Gourou observait la scène en silence, satisfait de la tournure des événements, convaincu que le sang versé ce jour ne ferait qu'attiser la peur et renforcer son pouvoir.

Bien vite, le loup fut encerclé, dos au mur, une vingtaine de fusils braqués sur lui. Il ne semblait pourtant pas y prêter attention. Son regard était plongé dans celui d'Elvire qui observait les yeux verts de l'animal, brillants, sauvages, mais débordant d'humanité.

Le maire considéra ses troupes : Le Ter, terrifié à l'idée de tenir un fusil, Jacques qui gueulait plus qu'il n'agissait, Fernand déjà ivre, ainsi que Tircis et Amarante qui n'avaient jamais vu un loup. S'il ne tirait pas, personne ne s'en chargerait. Pourtant, il rechignait. Il ne l'avait que trop entendu ce couinement détestable que crache la bête lorsqu'on lui tire dans le ventre. D'autant plus que ce loup lui semblait familier, tellement familier. Pourrait-il renoncer à l'abattre aux yeux de tous ? Non, bien sûr. Alors il arma son fusil et leva son canon en direction de l'animal. Sous le regard incrédule de l'assemblée, Elvire s'interposa. Elle s'avança vers ce loup qui la dévisageait, s'accroupit et l'appela tendrement.

Axel tourna un peu autour d'elle, hésitant, la blessure de son rejet ravivée, lui qui avait autrefois décidé de l'aimer. Alors Elvire ouvrit simplement les bras, délaissant ses pensées et le cerveau en berne. Un geste anodin pour toute personne extérieure, mais lui avait compris. Elle acceptait d'offrir ses secrets et de s'abandonner. Il se rapprocha donc avec prudence, jusqu'à pouvoir sentir son souffle.

— Comme tu as de grandes oreilles, dit-elle.
— C'est pour mieux t'entendre, couina Axel.
— Comme tu as de grands yeux...

— C'est pour mieux te voir, répondit-il avec une voix plus précise.

— Comme tu as une grande bouche ! dit-elle en riant.

— C'est pour mieux t'embrasser, conclut Axel de sa voix caverneuse.

Il se jeta sur elle, empreint des émotions les plus fortes, pour lui dévorer la bouche dans un baiser sauvage, remède à la colère, à la tristesse et remède à la peur. Elle l'accepta sans faillir, leurs canines s'entrechoquant et cisaillant la commissure de leurs lèvres. Elvire serrait la nuque d'Axel dont le pelage disparaissait déjà au profit d'une peau rose et lisse. Ils s'empoignèrent, se caressèrent, se réchauffèrent longtemps, jusqu'à ce que leur baiser ne fut plus que tendresse et que la fourrure d'Axel eût disparu dans la neige. Sous le regard ébahi des villageois, la bête à quatre pattes ne fut bientôt plus qu'un homme, nu et à genoux, son corps réfugié dans les bras d'Elvire.

Le Gourou enrageait de cette issue. En serviteur de l'Univers, il ne pouvait porter l'arme, mais seulement ordonner :

— Tirez ! Mais tirez, bande de cons ! C'est un ordre des dieux !

Alors Fernand se permit d'intervenir :

— Mais…, vous voyez bien que c'est un homme !

— Bien sûr que les loups sont des hommes ! Comment croyez-vous que, il y a trente ans, j'ai pu traverser la forêt sans savoir cela ?! TIREZ, bande de cons !

Monsieur le maire n'était ni un sentimental ni un grand penseur, c'est sans doute ce qui expliqua son geste. Il s'approcha du Gourou et laissa lourdement retomber sa main sur le visage du prêtre, faisant fi des conséquences auprès des dieux. L'homme s'écroula sous le poids de cette baffe magistrale dont l'écho résonna plusieurs secondes à travers les montagnes. Sur ce, le maire jeta un bref regard en direction de ce loup redevenu homme, et s'enfuit sur ses courtes pattes vers le Village, comme le ferait un bouquetin malade.

Les habitants s'éclipsèrent à leur tour sans un bruit. Ils se sentaient trahis. Ils se sentaient ridicules. Leurs savates remuaient la neige, si loin de l'Univers. Quel crédit pouvaient-ils encore accorder à leur Foi, au maire, au grand prêtre, à toute institution qui leur dirait quoi faire et quoi penser ? Se pouvait-il que tous ces animaux sauvages, chassés depuis des siècles, ne soient en fait que des hommes ?

Le Ter traînait le corps inconscient du Gourou par les pieds. La neige avait cessé de tomber.

42.
Un père devenu obèse

Lorsqu'Axel franchit les murailles du Village en compagnie d'Elvire, son enfance le prit à la gorge, puisque rien n'avait changé : les rues pavées, les volets clos, la place principale, autrefois immense, avec son éternelle fontaine et ses platanes centenaires.

Les habitants y étaient réunis, silencieux. Le Ter maintenait toujours le Gourou inconscient par les pieds, et Aglaé acceptait avec peine ce dénouement venu ébranler ses convictions. Le maire suait, mal à l'aise, gigotant sur ses maigres jambes. À l'approche d'Axel, il retira sa chapka pour s'essuyer le front du revers de sa manche, inquiet, heureux, tétanisé.

— Bonjour Papa, dit simplement Axel.

Le chef du village se tourna brièvement vers ses concitoyens et répliqua troublé :

— Devant les autres, je préférerais que tu m'appelles monsieur le maire, si ça ne te dérange pas.

— Pas de problème.

— Tu es revenu prendre ma place ?

— Non, répondit Axel.

Alors, un peu maladroit, le maire s'avança pour l'enlacer. On entendit juste le vieux Jacques bougonner « Ah, bah merde, quand même ! C'est pas un mal ! »

Déstabilisé par cette remarque, le chef du village relâcha son étreinte, effectua un pas en arrière, et dévisagea ce fils qu'il n'avait pas revu depuis tant d'années.

— Tu dois avoir froid, dit-il. Allons nous mettre au chaud dans la mairie.

Axel entra dans le bureau de son père où tout semblait vieilli, détruit, abimé par le temps. Le gros bonhomme contourna un secrétaire de style Empire rehaussé sur cale, avant de s'écrouler dans un fauteuil Louis XVIII au tissu rouge délavé, brodé de fils bleus et violets. Un rafistolage à la va-vite, plus enclin au pragmatisme qu'à la démonstration d'opulence. Les moulures censées décorer la pièce étaient couvertes d'une poussière mêlée de graisse, la faute aux poulets que le maire faisait cuire à même la cheminée depuis si longtemps.

L'homme avait l'air fatigué, marqué par la vie. Et sous couvert d'un sourire gêné, il transpirait la tristesse. Au-dessus de lui trônait le portrait de l'ancien président qui, vêtu d'un baggy et d'une casquette retournée, faisait le signe V de la victoire. L'annonce de l'élection du Grand méchant Loup n'était donc pas encore parvenue jusque-là. Les villageois savaient-ils seulement qu'il existait d'autres scrutins que les municipales ?

Axel s'installa sur une chaise et demanda à son père :

— As-tu toujours autant de travail ?

— Mon travail n'est pas une sinécure, se contenta-t-il de répondre.

— Peut-être que tu pourrais laisser ta place ?

— Tu es revenu pour prendre ma place ? dit-il, inquiet.

— Non, dit simplement Axel.

— Très bien, très bien…, répliqua son père plus songeur que satisfait de la réponse.

Le lourd bonhomme était avachi et son séant débordait de chaque côté du fauteuil.

— Alors pourquoi es-tu là ? demanda-t-il.

— L'instinct, j'imagine. Le besoin de réparer un truc. De savoir pourquoi tu as toujours été autoritaire et distant. Le besoin de me parler de ma mère. De me remémorer pourquoi j'ai des cicatrices sur le corps qui ne se referment pas.

Le maire soupira et retira sa toque de fourrure qu'il jeta négligemment sur la table.

— Tu ne te souviens vraiment de rien ?

— Vaguement, mais j'ai besoin de l'entendre de ta voix.

Bien qu'aimant proclamer des discours, son père entama à regret ce monologue :

— C'était pendant la Grande Famine, les loups n'avaient plus peur de rien. Ils entraient chez les gens à la recherche de la plus infime proie à dévorer. J'étais parti avec d'autres pour réclamer de l'aide auprès de la préfecture, et quand ça s'est passé cette nuit-là, je n'étais pas présent… Lorsque je suis arrivé au petit matin, tu étais au milieu du salon, couvert de sang et de stigmates, recroquevillé contre le ventre de ta maman mutilée, qui elle, était trépassée.

Axel sentit une vive douleur au poitrail. Sur ses bras, des piqures. Des brûlures… Ses cicatrices se rouvraient, mais il serrait les dents, une fois encore, attentif à ce qu'ajouterait son père.

— Il semblerait que ta mère se soit battue toute la nuit pour te sauver. Je n'étais pas là… Et tous les jours, j'ai dû affronter tes yeux qui, pour ne pas pleurer, avaient décidé de m'en vouloir. Bien sûr, je désirais te prendre dans mes bras, te cajoler, caresser tes cicatrices, mais j'en étais incapable…

Axel pensa furtivement au brigadier Chenu que lui-même n'avait su aider et se dit qu'il est parfois des choses sentimentales qui nous bouffent ou nous dépassent.

— C'est alors qu'un homme est arrivé au Village, poursuivit son père. Il sortait de la forêt, son chapeau pointu sur la tête, des incantations plein la bouche.

— Le Gourou ?

— Oui. À cette époque, les bois regorgeaient de loups. Il les avait traversés sans dommage grâce à la protection des dieux, nous avait-il affirmé. Les habitants — et moi le premier — l'accueillirent comme un prophète. Il nous expliqua l'intérêt des prières, des offrandes, et nous nous y appliquâmes. Mais à brûler nos maigres récoltes, la situation empirait. Nous crevions littéralement de faim et n'avions plus notre tête… Il sut nous convaincre de commettre l'irréparable : sacrifier l'un de nous dans les eaux de la rivière.

— Elvire ?

— Oui, Elvire…

Un nouveau choc vint remuer le ventre d'Axel. Il la découvrait, il la comprenait, enfin. Comment peut-on affronter le monde quand on a été rejeté de la sorte ? Et comment faire encore confiance quand on a été blessé à ce point ? Il se jura à cet instant de ne jamais l'abandonner, quoi qu'il en coûte.

— Tu n'étais qu'un enfant affamé et couvert de cicatrices, continua le maire, mais tu avais compris avant les autres. Cette décision était abjecte. Je le lisais dans ton regard : plus jamais nous ne serions des Hommes, et plus jamais je ne serais ton père. C'est alors que je sus quel était mon devoir : pour toi, pour les autres, pour ne plus avoir honte. Prendre le pouvoir, devenir le chef, faire prospérer les récoltes, bâtir des murailles, organiser des battues… Et surtout faire la fête ! Boire pour tout oublier ; manger à s'en crever la panse ! Tous ensemble, toujours ! Tout mettre en commun. Qu'il n'y ait jamais plus de sacrifice, et qu'abandonner l'un des nôtres, ce soit se sacrifier soi-même…

— Père pour moi, maire pour les autres, murmura Axel.

— Comprends-moi, je devais contrecarrer les desseins du Gourou et prendre soin des villageois. Ils continuaient de croire. Même ça, je l'ai accepté ! Parce que j'avais appris à les aimer…

— Et pour moi ?

— Je ne pouvais affronter tes yeux, toucher tes cicatrices ou seulement te parler… En grandissant, tu es resté docile, mais ton regard me défiait constamment, jugeant chacun de mes actes. Alors j'ai eu peur. Peur que tu ne veuilles un jour prendre ma place, convaincu de mieux faire ; c'est tout ce qui me restait. C'est sans doute pour cela que je n'ai pas été le père que tu attendais. Et aujourd'hui je m'en veux ; d'avoir été autoritaire, et de t'avoir ainsi poussé à partir. Ce n'est que lorsque je t'ai vu passer le col de la montagne sans te retourner que j'ai compris. J'avais perdu mon fils.

Axel observa son père, le visage tiré, les yeux tristes et fatigués.

— Tu n'es pas aussi gros que tu en as l'air, dit-il comme pour le rassurer.

— Je me suis mis à manger après la Grande Famine, pour combler le départ de ta mère. Je suis devenu un ogre le jour où tu t'en es allé.

L'homme se tourna vers Axel et posa à nouveau la question :

— Tu es sûr que tu n'es pas revenu pour prendre ma place ?

— C'est une interrogation ou une requête ? répliqua Axel.

— Je ne sais pas…

— Rassure-toi, je ne veux plus ce genre de place. Le respect, le pouvoir, l'amour, ça ne se gagne pas par la fonction. Représenter les gens, la République ou l'État, je n'y crois pas davantage.

— Tu ne crois donc plus en rien ?

— Si. Je crois que je donnerais tout pour voir quelques coquelicots émerger des champs de blé au printemps prochain.

— J'ai rien compris.

— Pas grave, répondit Axel.

Sur ces mots, il embrassa son père demeuré perplexe et ressortit de la mairie, délesté d'un poids tel qu'il aurait pu voler s'il avait déployé des ailes.

Il retrouva Elvire sur la place. Elle débattait de l'existence des dragons avec les villageois les plus crédules. Le Ter affirmait en avoir déjà vu, Fernand et le tavernier aussi ; la vieille Aglaé, terrifiée, retenait sa main qui voulait se signer. Sur ces entrefaites, Axel glissa son bras autour de la taille d'Elvire et lui proposa de s'en aller. Ils quittèrent les lieux, enlacés l'un et l'autre, en direction de la maison qu'elle avait louée, celle-là même où Axel avait passé son enfance. À peine entrés, ses souvenirs lui éclatèrent à la gueule. De bons souvenirs, y compris au milieu du salon. Il se revit jouer avec le chat, courir tout nu en sortant de la douche, prendre son goûter sur les genoux de son père, et écouter les contes de fées que lui lisait sa mère…

43.
Retrait de la vie politique

En ce jour de janvier, le maire avait convoqué ses concitoyens sur la place du village. Un vent glacial venait briser leurs os, et tous attendaient patiemment que le gros bonhomme s'installe sous l'un des grands platanes, derrière un pupitre disposé à la hâte. Amarante avait trouvé une bouillotte en les bras d'un Tircis amoureux. Accoudé au comptoir de son triporteur, le tavernier écoulait ses stocks de jus de raisin fermenté auprès de Jacques et Fernand, qui lutteraient sans faille contre le froid, quitte à en être ivres de bon matin. Le Gourou, lui, avait été placé sous la surveillance de Le Ter, dans une cage de bois pendue à un arbre. Le regard absent, il murmurait des prières sous les quolibets des villageois, dont la Foi s'était perdue sur le flanc des montagnes. Quant à Aglaé, toujours en proie à des montées de lait, elle pressait son mamelon à l'écart de la foule.

Le maire fit enfin son apparition, enveloppé de son éternelle doudoune d'hiver, le visage tiré, sans même une tartine à la main. Il ne salua personne et prit place derrière le pupitre.

— Où est la bouffe ? clama quelqu'un dans l'assemblée.
— Ouais, la bouffe !
— Mais vous ne pensez qu'à vous empiffrer ! tempêta le maire.

Là, plusieurs personnes s'esclaffèrent, car venant de sa part, c'était plutôt drôle. Mais lorsqu'il ajouta qu'il n'avait pas très faim, tous se turent, soucieux de l'importante annonce qui serait faite aujourd'hui.

Le gros bonhomme se racla la gorge avant de déclamer son discours : un monologue dithyrambique qui marquerait les esprits. Évoquant le Village, il rappela son combat, les victoires glorifiées et les défaites confessées. Fier, convaincu, résigné, il parla longtemps, de pouvoir, d'infantilisation, de loups… Mais déjà, plus personne n'écoutait. Amarante se dégageait des bras de Tircis, les pensées dans ceux d'un autre prétendant. Le vieux Jacques montait un stand à la sauvette, d'où il inviterait les badauds à jeter des oignons gâtés au visage du Gourou. Le tavernier, lui, remplissait des verres, inlassablement ; Fernand et Le Ter les descendaient aussi sec.

Pourtant, tous furent rappelés au discours du maire lorsqu'il termina ainsi :

— J'assume pleinement la responsabilité de cet échec et j'en tire les conclusions en me retirant de la vie politique, en devenant végane, et en proclamant l'anarchie.

Sur ces mots, il rabattit le col de son manteau et disparut dans les brumes du Village, la tête haute et l'esprit libéré. Quelques murmures parcoururent l'assemblée. Avaient-ils bien entendu ? L'anarchie…

44.
Retrouvailles

Axel et Elvire s'embrassaient depuis trois jours maintenant. Ils s'étaient isolés dans la petite maison et s'en tenaient à faire l'amour dans toutes les pièces. Ils échangeaient des sourires, se promettaient mille choses avec les yeux, heureux de se retrouver, fiers d'avoir affronté leur passé.

Chaque soir avant de s'endormir, Axel frottait délicatement sa main sur le corps d'Elvire, d'avant en arrière, tantôt avec la douceur de la pulpe de ses doigts, tantôt avec le tranchant de ses ongles. Elle se laissait caresser ainsi, les cheveux sur son torse, la bouche posée sur ses cicatrices enfin refermées.

Ils se sentaient libres ; ils se sentaient amoureux. Ils n'étaient plus tristes ou seuls, ni même en colère ou révoltés. Ils se foutaient de tout ça et n'aspiraient qu'à consumer les heures. Car ils avaient bien conscience de cette réalité illusoire. Au-dehors rôdaient des loups, et les puissants sauraient toujours s'en servir. Ils se doutaient qu'un jour, des bêtes ou des hommes en meute viendraient les réveiller, mais ils avaient encore du temps, et s'ils n'avaient plus d'espoir, ils profitaient déjà du bonheur d'être à deux.

45.
Apprendre en marchant

L'ancien maire observait ses concitoyens depuis la fenêtre de son appartement de fonction. Après avoir proclamé l'anarchie, il s'attendait à ce que le Village s'enflamme, mais tout semblait se dérouler normalement. Il ne regrettait pas de s'être retiré de la politique ; pourtant, son ego le taraudait un peu. Il aurait souhaité qu'on le plébiscite pour qu'il reprenne ses anciennes fonctions, et lui, Auguste, aurait refusé. Mais depuis qu'il s'était barricadé dans sa tour d'ivoire, personne ne lui avait rendu visite, pas même son fils, trop occupé à bécoter Elvire dans sa propre maison. C'est ingrat les enfants, et c'est sans doute pour cela qu'on les aime tant. Il se sentait amer et comprenait avec douleur ce que les grands politiques appelaient « la traversée du désert ». Ce ne serait qu'une épreuve de plus.

Après plusieurs jours à ruminer, il se décida à sortir pour se rendre à l'épicerie. Sous le regard médusé du commerçant, il acheta des livres et des journaux. Des hebdomadaires qui arrivaient avec plusieurs semaines de retard et que personne ne lisait jamais. Mais il paraissait résolu. Dans ses appartements, il s'installa dans son large fauteuil et, peu habitué à s'instruire, entama la lecture d'un journal de droite à gauche. Il découvrit la météo et les horoscopes — ce qu'il trouva déjà remarquable — et continua de déchiffrer le quotidien à voix haute, en appuyant lentement son doigt sur les caractères. Il progressait laborieusement, ce qui ne l'empêchait pas d'apprendre des choses incroyables : d'autres villages existaient, ici, ailleurs, dans des pays inconnus. Bruxelles, qu'il n'avait cessé de railler toutes ces années, l'index doctement levé, était en fait une cité beaucoup plus importante que le Village. Et ce n'était pas tout. À la lecture de quelques articles, il fut rapidement au fait de cette histoire de métamorphosés. Les loups, bien sûr, mais aussi des ours, des sangliers, des hyènes… Ce n'était pas propre au Village, ce n'était pas propre à Paris. Ils rôdaient un peu partout à présent.

L'ancien maire se prit à regretter de ne pas s'être instruit plus tôt. Mais il se rattrapait, lisait sans relâche, oubliant parfois de manger. Lui qui n'avait jamais quitté le Village rêvait aujourd'hui de s'aventurer au-delà des murailles.

Après les journaux, il s'attaqua aux livres et rencontra ce qui allait changer sa vie : la philosophie. Il fit d'abord connaissance avec les Lumières qu'il décorréla vite de son maigre savoir sur l'électricité. Il découvrit par la suite la sagesse des penseurs antiques, l'ascétisme, le stoïcisme, et aux côtés d'Épicure, il apprit à différencier ses besoins nécessaires de ceux non nécessaires. Il prenait de la hauteur et tentait de ne pas en tirer trop de fierté. En seulement quelques jours, il engouffra des quantités de lectures comme il l'aurait fait avec des poulets rôtis, si peu de temps auparavant. À présent, il ne se nourrissait plus que de cacahuètes salées et de jus de raisin non fermenté ; mais à se bâfrer ainsi de culture, ses maigres provisions furent vite épuisées, alors il retourna à l'épicerie acquérir de nouveaux ouvrages.

Quand il apparut sur la place du village, il eut l'impression qu'une chose inhabituelle flottait dans l'air. Il croisa Le Ter, le visage plein de poussière, trimballant une brouette vide.

— Bonjour cousin, l'interpella l'ancien maire.

— Ah, salut Archibald. Ça fait un bail ! répliqua Le Ter, apparemment heureux de le retrouver.

— Eh oui… Mais qu'est-ce que vous faites là ? C'est quoi ces grands travaux ?

Le Ter observa lesdits travaux et répondit d'un air satisfait :

— Comme tu vois, on détruit les murailles…

— Et ça ? demanda-t-il en désignant un immense engin de bois planté au milieu de la place.

Son cousin sourit :

— Ah, ça ! C'est pour le Gourou. Honnêtement, on ne savait plus trop quoi faire de lui. Et comme il n'arrêtait pas de nous bassiner avec le fait que nous nous éloignions de l'Univers, on a décidé que si lui il voulait s'en rapprocher, on pouvait l'aider.

— C'est-à-dire ?

— On a fabriqué une catapulte géante pour le projeter jusqu'aux dieux. On fait ça ce soir, *t'es* le bienvenu, hein ?

Si l'ancien maire était satisfait que son rival disparaisse de la sorte, il ne put se retenir d'interroger à nouveau Le Ter :

— Mais qui décide de tout ça ?

— Bah, nous…

— J'avais pourtant proclamé l'anarchie. Ça devrait être le chaos, le bordel, le foutoir absolu !…

Le Ter lui sourit et répliqua :

— Nous autres, on ne savait pas trop ce qu'était l'anarchie, alors on a décidé que ce serait plutôt ça…

Il épousseta sa veste du revers de la main et, regardant ses concitoyens s'activer à la tâche, reprit en riant :

— Et puis, c'est quand même un peu le foutoir…

— Et si d'autres loups venaient ?

— On les caressera.

— Et si ça ne marche pas ?

— Alors on mourra, répondit Le Ter, fataliste.

En quelques jours, son cousin, un angoissé alcoolique aux penchants suicidaires, n'avait plus peur de la grande faucheuse. L'ancien maire peinait à y croire, mais il poursuivit son chemin. À l'entrée de l'épicerie, il remarqua un nouveau stand derrière lequel se trouvait Aglaé, vêtue d'un manteau à fleurs qui détonnait avec le paysage enneigé.

— Bonjour Aglaé, que fais-tu là ?

— Bonjour Archibald. Comme tu vois, je vends des fromages…

Le gros bonhomme était déstabilisé qu'elle aussi l'appelle par son prénom, mais il ne le releva pas, préférant poursuivre son interrogatoire.

— Tu as une autorisation pour ça ? dit-il en désignant le stand.

— Euh, non…

— Et depuis quand as-tu des chèvres ?

— Tu n'y es pas Archi — de mieux en mieux, se dit-il — je confectionne ce fromage à partir de mon propre lait. Vois-tu, à cause du Gourou, j'ai toujours considéré mes montées lactiques comme un châtiment divin qui s'imposait à mon corps : celui de n'avoir pu nourrir mon fils. Alors que depuis tout ce temps, je pouvais nourrir les autres…

Archibald bredouilla quelques mots et courut se réfugier dans l'épicerie derrière le présentoir à journaux. L'anarchie ! Il semblait bien que le village eût les deux pieds dedans. C'était bien le chaos, le bordel et le foutoir absolu, comme il l'avait prédit. Mais pas comme il l'avait imaginé…

Tandis qu'il se penchait sur ces considérations et se demandait à quel courant philosophique se raccrocher face à cette épreuve, il découvrit la Une d'une gazette : « Élections nationales : Le triomphe du Grand méchant Loup ».

Il se saisit de plusieurs quotidiens et posa quelques pièces sur le comptoir avant de retourner dans sa tour d'ivoire pour y recouper certaines informations : les métamorphoses, la prise de pouvoir du Grand méchant Loup, les mesures d'exception, les restrictions, ainsi que l'exécution programmée de l'ancien président…

Les journaux dataient de près de deux semaines. Quelle était la situation à présent ? Archibald tournait en rond, s'agitait, comprenait d'avance les épreuves et les difficultés qui s'imposeraient à tous. Oui, il comprenait, lui qui quelques jours auparavant ne se doutait pas qu'il existait des élections nationales.

La nuit était tombée depuis plusieurs heures lorsqu'il se décida à alerter ses concitoyens qui faisaient la fête sur la place du village. Ils étaient là à discuter, certains se trémoussant au son d'une samba, debout sur des tables disposées en cercle, avec au centre une catapulte au contrepoids relevé et à la manivelle baissée. Le Ter dansait, le tavernier écoutait Axel qui l'instruisait des cocktails parisiens à la mode, et Elvire échangeait des blagues salaces avec le vieux Jacques. Tous étaient présents, Archibald fut rassuré. À la surprise de l'assemblée, il se hissa sur une table.

— Mes amis, la démocratie est en danger ! déclara-t-il d'une voix tonitruante.

— On s'en fout, on est anarchistes ! répliqua Le Ter.

— Ouais ! renchérit Fernand avant d'éructer bruyamment.

Quel affront ! se dit l'ancien maire. Oui, ils étaient devenus anarchistes, et si vite ! Mais l'art de la rhétorique n'ayant pour lui plus de secrets, il se reprit :

— Très bien. Alors c'est l'anarchie qui est en danger ! Je ne vous dirai pas quoi faire, mais je vous somme d'agir. Vous ne pouvez rester ici à faire la fête et laisser les loups s'emparer du pouvoir. Là-haut, à Paris, partout, ça s'organise en meutes !

Les villageois semblèrent plus réceptifs au discours et Archibald put même déceler de l'inquiétude dans leurs regards. Tous se taisaient à présent, et ce calme pénétrant fut seulement troublé par Fernand qui vomissait, le bras appuyé contre un mur.

L'ancien maire redescendit de la table et expliqua plus posément : au-delà des montagnes, il y avait d'autres villages, des villes même ! Partout rôdaient des métamorphosés, des gens bouffés de colère que le Grand méchant Loup utiliserait pour imposer son règne. Un jour, peut-être bientôt, les animaux déferleraient sur le Village pour réduire à néant cette bonne humeur qui depuis peu flottait dans l'air.

— C'est-à-dire ? demanda Le Ter.

— C'est-à-dire plus de fêtes, répliqua Archibald.

Une exclamation de surprise s'échappa. Plus de fêtes ? Ah, ça non ! Qu'on leur chie dans les godasses, passe encore, déclara Fernand, mais qu'on les laisse pieds nus dans la neige !...

Personne n'avait rien compris ; pourtant tout le monde gueula. S'ensuivit alors le plus beau des débats de démocratie locale du Village. Bien sûr, ils pouvaient reconstruire les murailles, bien sûr ils pouvaient reprendre les armes. Mais que des hommes tuent des loups ou que des loups tuent des hommes. Quelle différence aujourd'hui ? Personne ne serait jamais rassasié. Et quand bien même la paix justifierait d'abattre des métamorphosés, qui justifierait donc la paix ?

Caresser des loups là était la seule issue. Cela pouvait faire peur, mais ils devaient les comprendre, les aimer, sans même chercher à les convaincre. Être un exemple, tout au plus, dans l'espoir qu'un jour ils redeviennent Hommes. Comme Elvire l'avait fait avec Axel.

Un peu désuets, un peu candides, ils monteraient à Paris pour se battre à leur manière. Mais derrière cet enthousiasme, ils exprimaient des doutes. Nombre d'entre eux n'étaient jamais sortis du village. Qu'y avait-il au-dehors ? Et comment trouver le chemin ?

Axel et Elvire, trop occupés à se bécoter, n'avaient pris part au débat, et ils furent bien étonnés lorsque Le Ter décolla leur bouche l'une de l'autre pour demander :

— C'est par où Paris ?

— Ouais, on fait comment pour *y'aller* ? renchérit Fernand.

— Suivez les panneaux, dit sèchement Axel avant de tendre à nouveau ses lèvres vers Elvire.

— Dans le sens de la pointe ou dans l'autre sens ? s'inquiéta Jacques. Parce que par exemple, avec les suppositoires, on croit qu'il faut les mettre dans le…

— Dans l'autre sens, s'empressa de le couper Axel. Tu suis la pointe.

Amarante, qui n'avait jamais cajolé Tircis avec beaucoup d'amour, semblait tout aussi perplexe :

— Et sinon, quand on croise un loup, on le caresse dans le sens du poil ou on peut quand même aller un peu à rebours ?

— Ouais Elvire, on n'a pas trop vu la dernière fois. Tu voudrais pas nous expliquer mieux ?

Elvire s'esclaffa et se dit qu'il était peut-être temps de se décoller d'Axel. Oui, ils s'étaient retrouvés. Mais dans quel monde désiraient-ils vivre à présent ? Elle le regarda d'un sourire plein de tendresse et il comprit. Puis elle observa cette tribu un peu naïve et, oubliant jusqu'à la moindre trace de ses rancœurs, se prit à les aimer. Alors elle s'avança et leur fit des câlins, à tous, des caresses à n'en plus finir, jusqu'à ce qu'ils soient aptes à offrir des baisers sans condition.

Axel semblait passif, mais il prenait lentement conscience qu'il n'avait d'autre choix que de se battre. C'est dans cet état d'esprit qu'il quitta le Village, sa main dans le creux de celle d'Elvire, suivi par une colonne aux couleurs carnavalesques, prête à déferler sur la capitale dans un joyeux bordel. Le Ter menait la marche et balançait des pétards dans la nuit. Archibald vérifiait le trajet à la boussole. Direction le nord, direction droit devant ! Il n'affichait pas trop son inquiétude, mais passé la Loire, ce ne serait plus son pays, et il devrait faire semblant. *Ah, quel sacerdoce que d'être ancien maire parmi des anarchistes !*

46.
L'exécution d'un ex-président

Depuis la suppression du poste de lieutenant de louveterie, le Grand méchant Loup avait ordonné que la colonne de Juillet soit reconvertie en prison de luxe. Si l'espace demeurait étroit, il avait été décoré avec goût, pour le plus grand bonheur de l'ex-président, qui s'y était retrouvé enfermé avec deux anciens serviteurs à doubles épaulettes.

Depuis lors, l'ex-chef de l'État se bornait à rédiger ses mémoires, grattant frénétiquement ses pensées sur des feuilles qui volaient dans la pièce, et que ses fidèles valets avaient bien du mal à organiser. Il écrivait pour la postérité, dans l'espoir qu'un jour le *quidam* des mortels puisse enfin le comprendre. L'entièreté d'un chapitre portait notamment sur la difficulté à trouver un dauphin. Oh, bien sûr, tous imagineraient qu'il évoquait là sa succession ! Mais non. Il exprimait juste le regret de ne pas avoir possédé de véritable cétacé, un qui nage dans la mer et qui claque sa langue pour montrer qu'il est content. *Sacrée pensée complexe !*

En cet après-midi du 21 janvier, une brigade de loups toute vêtue de cuir pénétra dans la prison et somma l'ex-président de les accompagner. Ce dernier râla un peu. Il ne pourrait finaliser les croquis du musée qui accueillerait sa collection de vignettes *Panini*. Mais tout cela fut vite oublié au pied de la colonne de Juillet, lorsqu'il comprit que sa traversée de Paris s'effectuerait dans une splendide carriole vitrée. Enfermé depuis plusieurs semaines, il était ravi de retrouver son peuple parisien.

Les longues rues Saint-Antoine et Tivoli le mèneraient au terme de son règne, où il devrait faire face à son destin sur une place de la Concorde bondée. Et tandis qu'il montait dans la charrette, il expliquait à ses valets qu'il ne voyait aucun mal à ce qu'on le balade dans Paris. *Comprenait-il seulement la situation ?*

Sur l'ensemble du trajet, il s'en tint à se montrer bon perdant, comme il aimait à dire. Il ignorait les fruits pourris qui frappaient la paroi de verre de sa carriole et s'obstinait à saluer la plèbe. Lorsqu'il arriva en vue de l'obélisque de la Concorde, il fut surpris par l'immense foule venue le voir. Loups, hyènes, sangliers, chacals… Ça claquait des sabots, grognait, feulait. L'odeur du sang n'était pas encore présente que déjà elle excitait les babines. Il lui sembla pourtant que les Parisiens l'acclamaient et criaient des vivats. Alors, isolé dans sa cage de verre, l'ex-président répondit par de pudiques applaudissements.

On le mena sur l'estrade montée au pied de l'obélisque, là où l'échafaud l'attendait. Au premier rang se tenait le Grand méchant Loup. Et juste à côté, le Secrétaire général de l'Élysée, figé dans son éternel sourire et ravi de conforter ce nouveau régime à la bureaucratie pointilleuse. L'ex-président l'aperçut et lui fit un naïf coucou, mais l'homme au fauteuil de fer détourna instantanément le regard vers le sommet de l'obélisque.

Le bourreau lia alors les mains du supplicié qui se lança dans un vibrant discours :

— Mes chers compatriotes, désolé de ne pas être un plouc et d'avoir su m'extraire de ma condition par mon génie…

Quelques cris et claquements de sabots s'élevèrent de la foule, mais l'ex-président poursuivit :

— L'avenir n'est pas dans l'animalisme, et tous autant que vous êtes, vous ne pesez rien au regard de l'histoire. La postérité retiendra mes paroles et non vos hurlements…

Bien vite, le discours fut couvert par un immense brouhaha. Le bourreau dut même se pencher à l'oreille de son client pour lui signaler qu'il allait falloir y aller, parce qu'après, il avait ses gosses à récupérer au Mont-de-piété.

On enveloppa son visage dans un linceul. Le linceul fut attaché à une pièce de bois. La pièce de bois s'inclina furtivement, de la verticale à l'horizontale, et une lame de biais s'abattit sur le cou de l'ex-président. L'immense montgolfière qui lui servait de tête roula quelques instants sur le sol avant de se dégonfler.

L'oppresseur était mort ; le spectacle était fini. Pourtant, les métamorphosés n'étaient pas rassasiés. Ils erraient sur la place, toujours emplis de rages, de rancœurs et douleurs.

Le bourreau balaya la montgolfière crevée dans le caniveau et jeta le reste du corps dans une grande poubelle. Il était 17 h 32 ; il arriverait à temps au Mont-de-piété.

47.
Aux portes de la capitale

Les villageois poursuivaient leur excursion, circulant sur les chemins ruraux, squattant la voie de droite des autoroutes et franchissant des ponts. Un voyage initiatique qui leur en apprenait davantage sur eux et sur le monde. Archibald menait la troupe en éclaireur, humble et silencieux, la tête parmi les philosophes. Son corps devenu parfaitement svelte, l'immense doudoune qui le couvrait autrefois n'était plus qu'une sorte de traîne *Watteau* qui estompait ses fraiches empreintes du sol enneigé.

Axel n'avait pas encore acquis la spiritualité de son père et se perdait souvent dans quelques considérations. Il avait contribué à la construction de ce monde absurde, en bras armé de la morale des puissants, répondant lui aussi aux sirènes du pouvoir qui l'avaient éloigné d'Elvire. Il était libre à présent, alors pourquoi retournait-il à Paris ? Pourquoi acceptait-il ce combat ? Sans doute, car il comprenait. Et comprendre, c'est prendre les armes. Les deux soleils lutteraient toujours dans le ciel, et s'il voulait voir des coquelicots parsemer les champs de blé chaque printemps, il devrait se battre jusqu'au bout de lui-même. Et paradoxalement, là était la limite : plus jamais il ne tirerait dans le ventre d'un animal ; plus jamais il ne légitimerait la fureur sous couvert de nécessité ; et plus jamais il n'enfermerait l'avenir dans la fatalité de la violence. Mais silence et inaction n'auraient été qu'une forme de lâcheté supplémentaire, et il n'aurait alors plus pu regarder en face l'Homme révolté qu'il était devenu. Être et simplement être, c'était donc sa voie. Étroite, complexe, mais éloignée des dogmes et tellement plus distinguée. Il mettrait ainsi sa fougue à limiter la violence et à prendre soin de ces bêtes apeurées, attristées ou en colère.

En quelques jours, les villageois arrivèrent aux portes de la capitale, prêts à déferler sur une place de la Concorde où avaient lieu les exécutions savamment orchestrées par le Grand méchant Loup. À l'embranchement de l'A6, la troupe accéléra la cadence en direction de la porte d'Orléans et franchit le périphérique. De là, elle grimpa sur la butte du parc Montsouris, où Archibald demanda une halte pour observer les Parisiens à la longue-vue. Il fallait faire vite, car une foule éparse se rassemblait déjà pour assister à de nouvelles exécutions. Direction Denfert, puis boulevard Raspail et Saint-Germain. Les villageois n'auraient alors plus que la Seine à traverser.

48.
Délivrance

La place de la Concorde était comble. Comment aurait-il pu en être autrement ? Ne pas assister aux exécutions était considéré comme suspect à présent, et les milices de salut public n'hésitaient pas à s'immiscer jusque dans la sphère la plus intime des individus pour débusquer les dissidents. Alors les hommes et les animaux se pressaient au pied de l'échafaud, s'assurant ainsi qu'ils ne feraient l'objet d'aucune enquête ou délation.

À son habitude, le Grand méchant Loup était assis dans un large fauteuil rouge au premier rang des festivités. Il se délecterait de l'odeur du sang de ses anciens rivaux ou de tous ceux qui ne croyaient pas en la supériorité de la métamorphose des masses.

Qu'il les aimait ces exécutions publiques ! Outre les décapitations et pendaisons, les condamnés risquaient à présent l'écorchage vif, le démembrement, ou le supplice de la roue. Oh bien sûr ! Aussi amusant que ce soit, la torture portait une ambition plus noble : habituer les hommes à l'enfer pour les immuniser contre la révolte. Les os qui craquent sous les coups de barre de fer, les hurlements d'effroi du condamné avant l'ablation de ses organes génitaux, les visages qui s'empourprent lors d'une strangulation bien faite. Il n'en fallait pas plus pour museler les masses.

Le bourreau n'était pas aussi enthousiaste que le Grand méchant Loup, préférant la propreté de la guillotine à la torture ; il s'exécutait pourtant avec docilité. Et tandis qu'il attachait machinalement un condamné sur la roue des supplices, il sortit brusquement de ses rêveries, car débarquait là-bas, de l'autre côté de la Seine, une horde joyeuse et bruyante, dont la seule ambition semblait être de faire la fête. Le Village au complet se pressait en direction de la Concorde.

De l'endroit où il se trouvait, le Grand méchant Loup ne voyait pas grand-chose, alors il ordonna d'un geste vague que l'on mette fin à ce vacarme. Mais le temps que les directives du tyran redescendent aux brigades concernées, les villageois se positionnaient déjà dans l'arène, encerclant la foule, ignorant les risques et refusant la peur. Ils venaient les caresser, tous. Que plus aucun d'entre eux ne se sente jamais seul avec ses émotions.

Axel n'était plus effrayé par les loups ; il était même résolu à les aimer. Alors il les serra un à un, embrassant leurs douleurs. Il les cajolait, les rassurait, leur murmurait des mots doux pour apaiser colères et frustrations. Elvire, de son côté, faisait des chatouilles, pour enfin faire rire, dégonfler les ego et calmer les désirs de gloire. Aglaé empoignait les sauvages par pelletées, reconnaissant à mille lieues ceux qui n'avaient pas eu de maman. Elle les rabattait sur ses énormes seins que les métamorphosés tétaient maintenant avec avidité. Le Ter, Fernand et les autres se contentaient de danser, avec une panthère sur un pas de gigue ou accompagné d'un ours sur un air de polka.

Le Grand méchant Loup hurlait, s'agitait, rouge de colère. Il ordonnait dans le vide ; personne ne l'écoutait plus. Les zygomatiques du bourreau s'étirèrent, et sans plus de cérémonie, il libéra les condamnés. Bientôt, un parterre de peaux et de pelages recouvrit progressivement les pavés de la Concorde, offrant le spectacle d'une foule nue au milieu de l'hiver. Archibald se saisit donc de son immense doudoune pour envelopper les plus frileux, avant de léguer sa chapka à une chimère.

Les hommes étaient devenus insensibles aux injonctions du Grand méchant Loup. Alors le tyran rétrécit, et rétrécit encore, au point de ne mesurer plus que quelques centimètres. C'est ainsi qu'il disparût dans l'indifférence générale, sous une semelle qui dansait la mazurka.

L'ancien lieutenant de louveterie rejoignit nu le camp des hommes, sans son costume rouge aux multiples médailles, mais juste vêtu d'un tromblon fixé à la ceinture. Porté par l'ambiance de la fête, il tira sur les lampadaires à coups de calibre 22, offrant à la foule le plus beau des spectacles pyrotechniques, la tour Eiffel dressée en arrière-plan.

La place de la Concorde se mouvait en ondes sensuelles au son de la musique ambiante. Une fabuleuse orgie d'attentions, d'étreintes et de caresses, éclairée d'immenses brasiers. Il fallait bien un exutoire ! Rien d'autre n'existait plus que la danse, les corps, le feu, les embrassades. L'oppression disparue et le pouvoir pour tous. On ne voulait plus rien savoir, mais juste faire la fête.

Les animaux se réjouissaient d'être redevenus Hommes, les Hommes se félicitaient de l'être restés.

Épilogue

En cette matinée du 21 mars 202…, le soleil clair prendrait enfin le pas sur l'astre sombre. Assis sur les pentes de la butte Montmartre, Axel et Elvire se félicitaient de l'arrivée du printemps et observaient les villageois à la longue-vue.

Le vieux Jacques s'en était allé bêcher le champ de Mars pour y planter des tomates, qui n'étaient ni plus ni moins que des oignons rouges qui poussaient hors de la terre, expliquait-il aux Parisiens.

Aglaé demeurait en proie à des montées de lait, mais tant qu'il y aurait des louveteaux affamés dans la capitale, elle ne pourrait stopper ses sécrétions mammaires. Elle ouvrait donc les bras à son destin, et ce pour le bien du plus grand nombre.

Fernand, Le Ter et le tavernier n'avaient cessé de danser depuis les événements de la Concorde, à coups de farandole dans les tripots de la Butte-aux-Cailles, ou de fox-trot du côté de Saint-Germain. Ils s'en tiendraient à réchauffer les corps et les cœurs les plus solitaires.

Tircis était parti se déniaiser à Pigalle, sans Amarante, et revenant d'un bordel fier comme un homme, il se demanda s'il avait un jour été amoureux…

Archibald, lui, s'était aventuré dans le centre Pompidou, surpris par la présence d'une usine dans Paris. Il en était ressorti béat et transformé, l'esprit rassasié et le corps léger, au point qu'il lévita progressivement jusqu'au-dessus des nuages.

Axel regarda un temps disparaitre son père à la longue-vue et se demanda si les villageois pensaient encore à l'anarchie. Avaient-ils saisi que la domination n'a que le crédit qu'on lui porte, et la soumission n'a de valeur que lorsque l'on accepte de s'assujettir ? Se battraient-ils toujours loin des puissants, en dehors des doctrines ? Ne laissant jamais quelqu'un leur expliquer pourquoi ils étaient libres. Peut-être que non ; mais ils avaient compris l'essentiel. Il leur faudrait aimer leur part d'ombre, celle que l'on ne voit d'habitude que dans le regard de l'autre, et que, insupportable, on cherche à tout prix à abattre. Ils avaient appris la considération, la fraternité, et maintenant l'amour ; c'est ce qui les préserverait du crime.

Elvire s'était endormie sur les pentes de la butte Montmartre, allongée dans l'herbe grasse parsemée de marguerites. Axel la trouva incroyablement belle, les canines à peine marquées sur la commissure de ses lèvres. Mais tandis qu'il caressait ses cheveux, éclatés comme un soleil sur fond vert, il se prit à douter de cette fin heureuse.

Se pouvait-il que lui et les autres ne soient que les protagonistes d'un conte, enfermés dans un monde burlesque aux éclipses quotidiennes ? Peut-être, car quel serait l'intérêt de scruter deux astres qui s'affrontent dans le ciel, si ce n'est pour rappeler à l'Homme que le bonheur n'est qu'un combat, et qu'à la base de ce combat, il n'y a que l'amour. Après, il est trop tard. Ne demeure que l'intransigeance morale pour lutter contre le fanatisme des dogmes, et l'espoir qu'un jour les paroles et les actes soient condamnés par une quantité de justes, dans un univers où l'existence de dieux ne serait que contingente.

Oui, ce monde n'avait rien de réel, regorgeant de personnages grossiers et de lieux déformés à la loupe. Mais seul l'absurde peut nous sortir de l'absurde. Et sans doute ce conte burlesque n'avait-il d'autre ambition que de ne pas compromettre l'avenir du réel.

Alors, acceptant son destin de protagoniste dans un Paris imaginaire, Axel comprit que son rôle était de faire honneur au présent. Il se pencha sur les lèvres d'Elvire, les embrassa avec tendresse, et lécha les canines de cette bouche étrange, juste assez sauvage pour justifier la révolte, mais jamais le crime.

Table des matières

Préambule 9

1. Un loup dans la capitale 12

2. Une battue sans éclat 15

3. Chaises musicales à l'Élysée 19

4. Le travail, c'est la santé 25

5. Pendant ce temps, au Village… (I) 29

6. Visite au Muséum 33

7. Sauterie en louveterie 38

8. Peu à l'aise rue Saint-Blaise 45

9. Gueule de bois de gueules-de-loup 50

10. De premiers résultats 54

11. Pendant ce temps, au Village… (II) 58

12. L'info est dans les tuyaux 62

13. Cynisme à l'Élysée 67

14. Un premier meurtre 74

15. Le réveil du Grand méchant Loup 80

16. On parle de loups à l'Éléphant bleu 82

17. Pendant ce temps, au Village… (III) 89

18. De Bastille à République 93

19. L'accident de zeppelin 99

20. Le Parti animaliste 103

21. L'interview.. 106

22. Convocation express... 112

23. Morsures dans la chair....................................... 116

24. Houle au députodrome 118

25. Barricade à Bastille 122

26. Un bilan au beau fixe 129

27. Adieu commissaire 134

28. L'allocution du président................................... 139

29. Visite au Museum 141

30. Pendant ce temps, au Village… (IV) 147

31. La remise de médaille 150

32. Une pensée pour le passé 155

33. Au QG des animalistes 158

34. Meeting à Pine d'Huître le Bretonneux 162

35. Une Saint-Sylvestre aux couleurs de Saint-Barthélemy
.... 166

36. Elvire remonte la rivière..................................... 172

37. Des barreaux en carton-pâte.............................. 173

38. L'arrivée au Village... 177

39. Sur les traces d'Elvire... 182

40. Éternel débat 184

41. L'ultime battue 188

42. Un père devenu obèse.. 192

43. Retrait de la vie politique 198

44. Retrouvailles 200

45. Apprendre en marchant 201

46. L'exécution d'un ex-président 209

47. Aux portes de la capitale 212

48. Délivrance 214

Épilogue 217

Remerciements

Écrire exige un effort soutenu et solitaire, mais par une combinaison de circonstances heureuses — que je ne mesure peut-être pas toujours — mon entourage demeure présent.

C'est donc avec plaisir et gratitude que je remercie mes premiers lecteurs, attentifs et minutieux, la famille, les amis, ceux qui m'ont accompagné, inspiré, guidé, (re) motivé…

De tout cœur, merci.